U0539398

地檢署前圖書室

The Library Before the Prosecutors Office

Kurt Lu 盧建彰

多事之秋

A Troubled Time

推薦序

在多事之秋裡，就踏進這間圖書室：給混亂世代的三個閱讀錨點

楊斯棓（《人生路引》、《要有一個人》作者）

※本文涉及故事情節，請斟酌閱讀。

當你拿起一本懸疑小說，你比較容易深陷在哪種情節裡？是一樁樁離奇的美女浮屍命案？一位天賦異稟卻優柔寡斷的蓄鬍偵探？還是模仿犯與真凶之間層層鬥智、相互揭露的案外案？

盧建彰導演的新作《地檢署前圖書室：多事之秋》遠不止於此。這不只是一場懸疑之旅，更像是一道穿越現實與虛構的光束，照見我們這個時代的陰影與裂縫。小說結構細密，情節鋪陳精巧，從一樁看似單純的律師死亡案開始，牽連出跨國詐騙、地緣政治、毒品交易與身分認同的層層謎團，最終指向一個令人不寒

而慄的全球犯罪網絡。

這樣的龐雜與密度，如何閱讀？

我試著從盧導的故事布局中，整理出三個閱讀「定錨點」。

●圖書室不是背景畫面，而是庇護與真相的守護聖堂

這部小說真正的主角，或許不是任何一位角色，而是那間靜靜矗立在地檢署前的圖書室。

這是都市中少數還願意傾聽人心的空間。

主人麥可用古典樂、手沖咖啡與詩集，為焦慮疲憊的靈魂提供庇護。不論是飽受胃食道逆流所苦的女檢察官，還是身分成謎、渴望被理解的呂欣如，他們都在這裡暫時卸下外在角色，重新感受被理解的可能。

這間圖書室不僅對抗世界的喧囂，更以一種無聲的溫柔，提供讀者與角色之間的情感通道。

●揭穿的不是謎底，更是時代對「真相」的掩飾

這部作品的核心，其實不是謀殺，而是「詐騙」。這個詐騙，不限於犯罪集團的詭計，而是蔓延至國與國之間、媒體與民眾之間，甚至人與自身的對話中。

作者毫不含糊地借角色之口說出一句警語：「中國政府就是最大的詐騙集團。」這句話將小說中的私人悲劇，拉升為時代課題。

而角色呂欣如，便是這一切的縮影。她（他）處在性別、國族、語言的多重夾縫中，不屬於台灣，也難歸於中國。這樣的內在分裂，使她成為最容易被操弄、也最無力抵抗的棋子。

這本小說真正令人膽寒的，不是誰死了，而是我們都可能活在一場更大的騙局中，卻渾然不覺。

●在暴力與背叛中，練習辨認「溫柔」的線索

雖然小說場景中充斥打鬥、追殺、權力與陰謀，但全書最動人的，是那些靜默的溫柔瞬間。

猴子的鬧、傑克與潔米雙胞胎的拌嘴、麥可無聲地提供一杯咖啡或一本詩集，這些無血緣卻深具信任感的關係，成為這本小說最柔韌的底色。

在各種騙局充斥的時代，仍願真心待人，何其珍貴？

這不只是一部小說，是一帖混亂時代的閱讀處方。《地檢署前圖書室：多事之秋》是一部極具企圖心的小說，它用懸疑的包裝，寫出地緣政治的陰影、人性騙局的多重面貌，以及一間圖書室如何成為庇護與重生的場所。

盧建彰導演以極富節奏感的敘事與高度現實感的想像，讓讀者在文字中穿越真假界線，最終不僅找到故事的結局，也摸索出屬於自己在這個時代的定位。

打開這本書，不是為了逃避現實，而是為了辨認現實中的謊言。

推開門，深呼吸——

歡迎光臨，地檢署前圖書室。

「如果可以掌控整個國會，你要嗎？」

*本書純屬虛構，不指涉任何真實地點人物事件。

零

從外面看，是座有時間痕跡的建築，外觀造型充滿當年設計師的巧思，坐落在幾棟現代玻璃帷幕大樓之間。這座圖書室的線條像什麼呢？她想了一下，是書，厚厚扎實的書。

綠色的藤蔓沿著厚實的石材長，深淺不一的灰色襯著綠意，有種歷史厚度加上生命活力的氣質，很像那種百年大學裡的典雅建築。陽光照在上頭，添加了一絲明朗的氣息。

走進去之前，在門外就聽到淡淡的提琴聲，似乎從空間的深處傳來。

推開門，她停下腳步，閉上眼，音樂聲中，耳朵被善良地對待了。

剛剛的嘔吐感，緩緩散去。

「是莫札特A大調第五號小提琴協奏曲，希拉蕊．韓演奏……」一個聲音從前方傳來，「不好意思，你還好嗎？」

她睜開眼，是夢境嗎？為什麼有位肯德基爺爺站在面前？不行，想到油炸物，她感到喉頭一緊……

◆

「好一點嗎？」

眼前的老先生，雪白的鬍子，慈祥和藹的眼神從鏡片後望來，他身後是一長列的書櫃，密密麻麻的，只是從書名看來，都不是法律用書，好像都是小說。

「謝謝，好多了。」

「你看醫生了嗎？」

「有啊，醫生說，胃食道逆流，叫我不要壓力太大。」

老爺爺點點頭，銀白色的頭髮跟著飄動。

「不過，我想說，怎麼可能，除非辭職，這個工作就是這樣啊……」不知道為什麼，在老爺爺面前，就忍不住一直把話說出來，她平常不是這樣的。

可能老爺爺的鬍子給人一種安全感吧。或者是那抹掛在臉上的微笑。

「不好意思，打擾了，都是我一直在說話……」她手上捧著剛剛老爺爺給的溫開水，想說還是謝謝對方。

「我們這個圖書室，平常少有人來，所以，有人來我很高興，啊，你等我一下，我換一下唱片。」

老爺爺走向黑膠唱盤，把唱針拿起，音樂聲突然停止。他拿起唱片，走向一旁木架，上面陳列的唱片有兩列，上下各五張唱片。他把唱片放回封套中，又從架上取下一張，看了看封面，滿意地點點頭。

她瞄到封面是個小提琴家，女性面對鏡頭，臉上漾著笑，手拿著小提琴，横過胸前。

音樂聲傳來，是巴哈嗎？

「這張好聽，我想說比較適合現在的你，這位女提琴家拉的巴哈G小調第一號無伴奏小提琴奏鳴曲，可以安心、紓壓。」老爺爺的聲線很低穩確實，給人平靜感。

「謝謝，你是『發燒友』嗎？」

「不算啦，我只是喜歡聽，想說光音樂就可以改變環境，何樂而不為？」

「我也想買黑膠，但是住的地方小，怕占空間。」

「沒問題啊，現在手機串流也都很好，你看，我平常也是用手機聽啊。」老爺爺從圍裙口袋拿出白色小巧的耳機盒。「現在人類技術很好，方便很多，問題出在人自己要不要去靠近舒服的東西。」

這時仔細看才發現，老爺爺熨燙整齊的襯衫外罩著的是工作圍裙，棕色皮革、堅韌的米色與綠色帆布料，剪裁十分有型，上頭還縫有幾個方便裝工具的口袋。

銀白頭髮和台灣人少留的鬍鬚，整齊打理的衣裝，一股台灣老年男性少見的清潔感，煥發著。她心想，真是位紳士。

「醫生叫我吃飽飯後要多走動，幫助消化，我就四處走一下，我還不知道我們附近有這個地方。」她說完，手按了一下僵硬的脖子。

「對啊，大家平常工作都太忙了，都在辦公室裡頭，很少走動。」

「不好意思，你架子上放的那十張唱片，是今天要聽的嗎？」

爺爺似乎因為難得被看出對音樂的用心，露出了微笑，親切地點點頭。

她發現，架上標示了時間，似乎對應這個圖書室的開放時間。

看到那標示的時間，她想起今天原本苦惱的工作，站起身。「打擾了，謝謝，我也該回辦公室了。」

「都來了，借本書回去看啊！」老爺爺臉上有股興奮神情。

◆

那天回來時，借了一本書。

但一直沒空看。

心裡一直有種奇怪的虧欠感，好像小時候要開學了卻還沒寫作業的感覺。

書一直在視線範圍的角落，她始終看得見。

最近在查的案子實在很傷神，最後會有些著力點，還是要謝謝那位爺爺。

那天要離開的時候，爺爺硬是留她。

爺爺拿出一支菸斗，含在嘴上，她瞪大眼望著，打算要是對方一點著菸斗，就要奪門而出。

爺爺堆著笑，似乎意識到她臉上的不悅，右手取下菸斗端詳著，說話時鬍子跟著動呀動。「我不抽菸，這是拿好玩的。」

她鬆了口氣，胃酸似乎也少了一點點，剛才一股要衝上來的感覺實在難受。

「借個書，不用五分鐘的，但得分會超過五分喔。」爺爺手掌朝上，往書架區示意。

她只好走向書架去，爺爺也跟著走來，兩人就隔著書架聊天。

「你們應該還是很忙噢？」

「對呀。」但對方說「還是」，她察覺到這字眼的特別。「您也是……」

「沒有啦，我有個好朋友以前也是檢察官。」

她點點頭，不知道要回什麼。

「最近都好嗎？」爺爺在書架後，目光專注搜尋著架上的書籍，一邊出聲。

她想了一想，正在調查的案子，根本不會跟外人討論的，這是基本常識。心裡懸著的事，還稱不上是案子，只是有點在意而已。

但在社群媒體上，已經沸沸揚揚。

事情的開端，是有人報案。

民眾打電話報警，說有中國公安登陸台灣。

一開始警察不想管，想說是報案者腦子有問題。

後來有張照片，但也只是張照片。

一個著中國公安制服的男子在抽菸，一旁的交通標誌牌上寫著繁體字。

光這樣一張照片，就引起國內許多人的討論。有人說是合成的，有人說是真實拍攝的，當然也立刻有人說是ＡＩ生成的。

背景有棵樹，她一眼認出。是她外婆老家那邊的一棵大樹，小時候她在那樹下有不少快樂的故事。台灣偏遠的傳統小漁村，隨著沒落，沒有太多就業機會，人口外移後，只剩老人與狗。

她不以為意，想說留意一下，沒有想要做什麼，只是怕當地民心擾動而已，當然那裡人也不多，地方上少數還在的老人，說不定有幾個還是跟自己有遠親關係的呢。

她心裡擔憂的是，現在網路資訊流通快速，一張照片上千次分享，表示就會有幾十萬人看到，畢竟光留言都有幾百則了。

但，再也沒人看到那中國公安。

有點像是鄉野奇譚，一仔細查證，就沒蹤沒影。

她談起這根本不成案的案子，當作和陌生人聊天。講到這邊，爺爺抽出了一本小書，她看一眼，就接過來。

是《百年孤寂》。

小時候聽過，但沒讀過，以前當然也很喜歡文學，但後來為了升學，一路下來讀的書都是跟考試有關的，這樣的經典，反而就錯過了。

那現在是不是該看了呢？她望著架上的書，起身，把書抽了出來。

翻開泛黃的書頁，過去的鉛字印刷看起來就很有古意；一讀下去，卻感覺好新奇，幾乎要跟那個馬康多村第一次遇見吉普賽人帶來的一堆發明感受一樣新奇。怎麼那麼有趣？以為是大部頭的經典，結果故事卻還滿妙的，不，甚至是有一點點好笑。

也好，就每天站著看一點，避免久坐，減緩胃食道逆流。

會好吧，胃食道逆流？她心裡想著，但沒有說出口。

一

走入圖書室的男子身形高大，頂著俐落短髮，眼鏡造型獨特，鏡腳寫著德國首都名，西裝作工精細、布料高檔，整個人散發一股精英氣息。有點不可一世感。

「不好意思，請問可以借書嗎？」聲音充滿威嚴，感覺不習慣被拒絕。肢體動作帶著點表演感，像演講那種。

「當然可以，麻煩這裡填寫資料。」圖書室裡音樂流瀉著，是這聲音的主人麥可挑的音樂。現在是《時時刻刻》的電影原聲帶，鋼琴音符掉落在地。

男子從外套拿出一枝萬寶龍149鋼筆，碩大亮黑的筆身，頗具存在感，和男子一樣。他屈身在櫃檯上填寫資料，文字也同樣巨大，每個字都超出格子外。

要是問對方喜歡讀哪些類型的書，有時對陌生人來說顯得冒昧，因此，麥可只是安靜地把資料打入電腦中，那西裝男子倚在櫃檯上的手臂從衣袖間透出光芒，是同樣巨大的金屬手錶。

麥可撫撫脣上的白色短髭，端詳一下手上的借書證，確認沒有錯誤，遞出給對方。

「謝謝，可以借幾本？」

「一般是五本，但有特殊需求可以跟我們說。」麥可的聲音穩定，彷彿定音鼓，在這圖書室有安定人心的力量。

「聽說你是麥可？」男子發問。

麥可微微笑，微點頭。

「學長說，要是案子卡住，來借書就會解決。」

「我不清楚，但通常書能夠啟發人類。」

「那請問你有推薦的書嗎？」

「喔，我們這裡主要是小說、詩集、散文為主，比較少工具書。」

「我從來不看考試以外的書，看那種書有什麼用？哪有那麼多時間，我們忙都忙不過來了，現在生活哪有那麼容易……」男子抱怨的聲量不小，和他身量不相上下。

「所以，你是做……？」麥可輕聲問，不想對方的聲音愈來愈大，雖然現在沒有其他人，但圖書室比較適合的人聲是無聲。

「檢察官啊，現在案子多得跟什麼一樣，上面的只會講效率，都不回頭解決問題。」

「那你覺得問題出在哪？」麥可整理一下袖口摺起的皺褶，邊聽對方高見。

「當然是教育，教育的問題不處理就會成為社會問題，就會成為我們工作的問題。」西裝男語速極快，大聲說。

「打斷你一下，你有沒有試過對著樹念谷川俊太郎的詩？」

「啊？什麼樹？什麼川？」

「谷川俊太郎。對行道樹念也可以。」

麥可的回答並沒有照問題的順序，但他想應該沒關係，對方似乎有點陷入混亂。沒關係，讀詩是為了處理混亂。

麥可起身，走出櫃檯，經過高大的西裝男子，走向另一側的書架，男子跟在他後頭。

麥可毫無疑問相信男子一定會跟著他走，每位來到圖書室的人都會如此。

但，每個來到圖書室的人，身上都帶著疑問。

這是正常的，誰會在一堆書面前毫無疑問呢？

麥可在詩集那區停下，花白的頭髮在書架間很明顯，搜尋書架的目光很銳利。西裝男子雖然高大，但有些不知所措，手不知該往哪擺。

一會兒，麥可從架上拿下一本薄薄的米白色書本。「來，這本。」封面寫著《二十億光年的孤獨》。

「要念哪一首？」西裝男拿著書。

「都可以。律師先生。」麥可瞪視著西裝男子。

◆

「為什麼你說我是律師呢？」西裝男子表情複雜，混著驚訝和被發現的羞愧。

「回答你之前，方便請你先說明為什麼要假冒檢察官嗎？」麥可的目光嚴厲，灰白的眉毛一股英氣，感覺下一刻就要破口大罵。

「因為你問我是做什麼的？我就隨口說了。怎麼樣？這裡只有檢察官可以來嗎？」西裝男子的語氣在最後明顯變得強硬。

「沒有，這裡歡迎任何想看書的人。」

「那就好，那我能否請教你，為什麼認為我是律師呢？」

「嗯，因為你拿出萬寶龍鋼筆，然後剛剛填資料的時候，隨手把汽車鑰匙假裝不經意地放在桌上，是賓士的，還有你的手錶是勞力士。我聽說有個律師建議年輕的新律師為了增加當事人的信任、增加被委任機會，要先貸款買賓士車、萬寶龍及勞力士，好讓人覺得事業有成。另外，當然因為這個圖書室的地點關係，可能法律相關的人也較會來。其他就是說話的語調吧，不好意思，我只是隨口亂猜，沒有別的意思。」麥可的語氣漸漸緩和，沒有一開始的嚴厲，似乎因為什麼而改變了態度。

西裝男子感受到語氣變化，雖然不知道原因，但立刻也跟著換上笑臉。「不好意思，真的被您說中了。但是，我不懂您為什麼要我對著樹讀詩集，我之前聽說案件卡住可以來這裡……」

正在說的當下，麥可突然舉起右手示意他打住。「你先不要急，回去讀了再說，我們再來討論。」

「可是，我的案子有點急，那個時間……」

「時間一直在，我們不必太想著去改變它。這裡的每一本書都可以超越時間，我們應該學這些書。」

二

麥可把剛剛手沖好的咖啡壺放到櫃檯上，琥珀色的液體恣意地散發著香味，整個空間柔軟了起來，世界上唯一和書香相襯的是咖啡香，麥可滿意地站在櫃檯後，檢視一整室的整齊和美好。

上次那名西裝律師被麥可送出門已經過一週了，雖然在被請出去之前，他嘴裡一直念著「我問一個問題就好……」，但麥可沒有理他，嘴裡喃喃的律師可能是世上最不討喜的風景吧。

「別忘了還書的日期喔。」麥可記得自己舉著右手目送對方上那台黑色的賓士，不忘好意提醒。而那賓士車像深海裡的大鯨魚，自他面前洄游而去，消失在街角。

不知道他後來如何了？麥可一邊整理架上的書，一邊心裡想著。

書架上的書籍有秩序地排列站好，一如麥可唇上修剪仔細的短髭。麥可喜愛秩序，但秩序為的是一目了然看清真相。秩序不是目的，秩序是手段；把書排好讓人好看，把事情搞清楚好讓歷史顯明。做過人權口述歷史的他清楚，真相是多麼容易被掩蓋，尤其是用國家的力量。有時，**威權政府是最大的詐騙集團**。

想著當年法庭上高度壓迫的氛圍，那還是戒嚴時期，判決書上幾個字就可以判人死刑。那時節，可沒有在辦告別式的，只有領回。屍體領回。

這時，門突然打開，二十餘歲的秀麗女子走入，穿著休閒但容貌氣質頗佳，手上拿著一本書，是谷川俊太郎，那本詩集。

女子拿著那淺色封面的詩集，臉色蒼白神情緊張，欲言又止。「不好意思，這是你們的書嗎？」聲音極低。

「是，要還書嗎？」麥可感到奇怪，怎麼不是那個西裝男子拿來還，感覺那男子很想一起討論事情，照理說會自己拿書來還的。出了什麼事嗎？麥可有種不祥的預感。

「我弟弟李軒丞他出事了！」女子眼淚落下，聲音跟著哽咽。

「怎麼了？」

「弟弟過世……在他住的地方。」

「發生什麼事？」麥可回想那高大健壯的年輕男子，身上的西裝充滿了想向世界宣告些什麼的企圖。

「警察說他吸毒過量。他怎麼可能吸毒。」女子的臉上滿是痛苦，失去至親的那種，淚光閃爍中帶些柔美。「這本書放在他桌上，我想說幫他拿來還。」

「噢，謝謝，請節哀。」麥可只能這樣安慰，畢竟，此刻說什麼都有點遲。

「我發現我弟弟是走的前幾天來借書的，想問看看他那天來有說什麼嗎？」

麥可認真回想，但那天情景有點模糊。「嗯，那天是他第一次來，也沒有待很久，我怕沒有太多……」

「沒關係，什麼都好，我只是想多知道一些弟弟生前的事，他從南部上來考試工作後，就很少跟家裡聯絡了……」女子臉上的哀悽叫人不捨。任何人都會想幫她吧。

「好，你有時間喝杯咖啡嗎？」

「可以啊，但要去哪裡？」

「這裡就可以，我沖個咖啡，順便回想一下，麻煩你到那邊稍坐一下。」麥可指向遠處的沙發區，女子點頭，轉身，走去。背影顯得十分悲痛，紅色高跟鞋上清瘦的身形，彷彿隨時會被悲傷壓垮，每一步都困難沉重。

不忍看下去的麥可，轉身拿起熱水壺，在濾水機前裝水。看著水流緩緩注入白色的壺身，他回想那天的對話。

他想起一件事，把熱水壺放到底座上，按下開關，在等水熱的時候，在櫃檯用電腦查詢了一下，想了一會兒，看了一眼遠處的女子，轉身，磨開咖啡豆，手沖咖啡。繞圈的手，有一點點不穩，但他馬上控制下來。

「來，請用，這支是衣索比亞的古吉，喝看看。」麥可把咖啡杯放到桌上。

「杯子是心智障礙的小朋友捏的，很特別。」他不忘介紹這個外型不圓潤的杯子。

「哇，真的嗎？難怪很不一樣。」女子的臉上洋溢著些許驚奇，手拿杯子微微旋轉端詳。

「很多人以為的殘缺，其實只是不一樣，他們也許用一般的智力測驗，測出來智商較低，但在創作的世界裡，他們都是藝術家。」麥可手拿另一個咖啡杯，淡淡地說。

女子點頭表示認同。

麥可聊起那天的情景。「那天你弟弟走進來，神情有一點急，但因為我們第一次見面，我也不好意思問他。」

「那他有說什麼嗎？」

「好像有提到什麼案子卡住的事，但沒有提詳細的內容，不好意思，怎麼稱呼您？」

「我叫欣如，抱歉，剛忘記先自我介紹。那他有留什麼東西在這裡嗎？」

「東西？沒有耶，這裡是圖書室，通常是人家從這裡借東西走。」麥可順手理理脣上的白髭，思考女子的問題。

「喔，不好意思，只是我來處理弟弟後事，想說趕快弄一弄，就要回南部去了，打擾您，不好意思耶。」女子說完，就順勢要起身。

「不會，一點也不打擾，抱歉沒幫上什麼忙。咖啡好喝，你若不趕時間，可以喝完再走。」麥可示意指向桌上的咖啡。

女子被挽留，跟著坐下，再度拿起咖啡杯。

「方便請教個冒昧的問題嗎？」麥可禮貌地問。

「可以呀。」女子雖說可以，但臉上帶著驚訝。

「警方說是吸毒過量，但你說弟弟沒有吸毒習慣，那他們怎麼說？」

「他們說有時候家人的狀況我們未必清楚，何況我們沒有住一起，也說現場沒有外人進入的痕跡，這種案子他們碰到很多。」

「這樣子啊，你辛苦了。」

「不會，如果沒什麼事，我就先走了。」

「好，你一定還有不少事情要處理，就不耽誤你時間了。」麥可想了想，不打算說出那天律師假冒檢察官的事。

望著女子離去的背影，麥可一邊想，生命的消逝，很難預料。

窗外，路旁的狗狗在陽光下睡得香甜，彷彿認同似的擺了一下尾巴，在睡夢中。

睡覺也是死亡的一種模樣。

「每次睡醒，都是死而復生。」

三

麥可吹著口哨，把櫃檯的書一一歸位到架上，這是他喜歡的事，讓一切井然有序。

他心情愉快地照著自己的節奏，也照此刻播放的音樂節奏。現在播的是〈藍色列車〉，薩克斯風手約翰．柯川作品，應該是現代爵士樂最知名的曲目之一吧，十分精采，具有開創性。

但一切在看到書架最邊緣處開始變調。

那是一個隨身碟。

不應該出現在那裡的，這裡是圖書室，不是資訊室。

並不討厭科技產品，但書和隨身碟，不甚搭調。

麥可還有些愣住，想說會不會是哪一本書附的？但只遇過附光碟的，沒遇過附隨身碟的，更別提每本書都是他檢查後上架的，絕對沒有這樣的書。

那就是有人留下的了。

會是誰呢？

麥可回想這座書架有哪些人來過，雖然不確定，但來這圖書室的人不多。最重要的是，他是按照分類排列書架上的書，而這架上的，是詩集。

會到這個書架的，最近只有一個人，就是麥可自己。

這下奇怪了，怎麼會這樣？

麥可靜下心來回想，書架是固定每週清潔，而上次清潔並沒有看到，表示一定是在最近這週，想一想後，麥可有了一個推論，但無法立刻證實。

他邊想邊把隨身碟插上電腦。一如預期，出現要輸入密碼的對話框，麥可點頭，將隨身碟退出電腦。

似乎需要聯絡常客了。

◆

那傢伙走進來時，總是很吵，麥可總是得出言制止，就像今天。

「沒有？真的假的？你要確定哦……什麼，太奇怪了，再請你喝咖啡，連之前的啦，好啦，先這樣……啊呦，我被瞪了啦！」大聲講手機的年輕男子，把手機放進口袋中。

麥可手指放在脣上，因瞪視而睜大的眼睛，望著他。

「我要說幾遍？圖書室請保持安靜！」麥可脣上的鬍子似乎都氣到要立起來了。

「唉喲，這裡又沒有人，又不會吵到誰，頂多只是叫醒書而已。」年輕男子邊轉動僵硬的脖子邊說，他穿著寬大的褲子，上身是搖滾樂團的T恤，凌亂的半長髮，一副不羈的樣子。

「放尊重點，不想喝咖啡嗎？」麥可伸手往男子頭上輕拍，男子也把頭迎向他。兩人長年的默契，像小孩子跟父母親撒嬌。

「你每次這樣，我都好像在摸狗。」麥可邊說邊撥亂對方的頭髮。

「汪汪汪！」長髮男子立刻發出狗叫聲，聲音維妙維肖。

「叫你不要亂叫了！真是，我來煮咖啡喔。」

「今天喝什麼？」

「還挑，有什麼就喝什麼。有一支厲害的，高海拔，兩千七百公尺……」麥可轉身拿起咖啡豆。

「哪裡的？」

「衣索比亞，你沒有去過的地方啦。」

「你怎麼知道我沒去過？說不定我去過啊。」

「那你去過嗎？」麥可按下磨豆機。

「我還沒去，快去了。」

「看吧，我想也是。」麥可撫撫嘴上的白鬍，拿出磨好的咖啡粉，放到鼻下嗅聞。

「但是我打了要去那裡應該要打的預防針喔。」

「為什麼？」麥可皺眉頭問。

「我去看旅遊門診，醫生叫我打的，有好幾種，我都快搞不清楚了。」長髮男子蹲到櫃檯底下摸狗，牠偶爾會跑進來睡覺。

麥可停下正在手沖咖啡的動作。「我是問你為什麼要打預防針？」

「醫生叫我打呀。」

「不是，我是說你為什麼要去看旅遊門診？」

「因為我想去看看啊，咖啡豆的故鄉。」

「聽你在胡說。來，拿去喝啦，希望不會和你的預防針相沖。」已經習慣對方胡說的麥可，露出微笑，遞出剛剛沖好的咖啡。

長髮青年和麥可情同父子，青年喜歡前來相與，也因為在這能夠自在地做自己。

「我跟你說，我想要離職了。」長髮男子手捧著咖啡杯，感覺接著要抱怨一番。

「又要？」麥可微微一笑。

「什麼又要？他們都叫我做我不想做的事耶……」

麥可舉起右手示意打住。

「怎麼了？」

「我們之後再談那件事，你可以先幫我看這個嗎？電話裡跟你說過……」隨身碟在麥可手上晃動著。

「噢，好啦，但我真的想離職！」長髮男子接過隨身碟，從背包拿出電腦。銀色外觀貼了許多貼紙，都是標語型的，其中還有一個寫著「今天拆大埔，明天拆政府」。

「哇，你這是冷錢包耶！」

「什麼意思？」

「就是把虛擬貨幣放在網路裡面，不會被駭客拿走。因為密碼在這，和網路分開。」

「那會有多少錢？」

「不知道啊，不過，這個牌子是法國的冷錢包，我查看看喔……」長髮男子在電腦查型號，輸入幾個英文字。

「哇，這個冷錢包也要四千多元，算是不錯的。」長髮男子驚呼。

「冷錢包是鑰匙的意思嗎？」

「對啊，你看，它會有一個助記詞，你輸入就會得到密碼。」

「助記詞？」麥可重複那陌生的詞。

「好啦，這個詞跟那個很像，很好笑我知道。」長髮男子說完，自己笑了起來。

麥可好奇地望著他，不知道有什麼好笑的。

「助念啊，不是都有些宗教團體會幫人家助念嗎？我們可以拿這個隨身碟去找他們助念啊，哈哈哈。」

麥可搖搖頭，表示不認同對方奇怪的幽默感。

「猴子，這件事有點奇怪。」

麥可約略敘述那位李軒丞律師來圖書室的過程，以及後來有人自稱是他姊姊、帶著他所借的詩集要來還的事情，但也真的沒有太多可以說的。

「你在哪裡找到的？」猴子問。

「詩集那個書架，在愛倫坡和希薇亞・普拉絲的書後面小角落。」

「所以，那個人是故意藏在那裡，還是要留給你？」

「我不知道，這個可能要問他了。」

兩人一陣沉默，因為知道問不到了。

「那你要還給他姊姊嗎？」

「當然啊，人家的東西。」

沒想到，連這件事也不如預期。

四

「猴子」的外號是麥可取的，因為他有過動傾向，不能安靜坐著。父母雙亡後，曾住到麥可家好一陣子。大學畢業後他們曾失聯一段時間，幾年前兩人又重逢，有點沒說出口的情同父子。

對上班沒什麼興趣的猴子，倒是對和麥可在一起充滿了動力，尤其是特別的事。

麥可請猴子幫忙冷錢包的事情後，隔了兩天，麥可一如既往，整理著書籍。猴子來電時，麥可正穿著圍裙爬到書架的高處。

「喂，麥可，在幹麼？」

「在整理。」

「整理就整理，幹麼爬那麼高？」

麥可一聽，馬上看向窗外，回：「怎樣？你在哪？」

「我在學以前的特務監視你呀，哈哈哈，還是他們叫做情治人員？」

「我們說『老大哥』啦。」

「你為什麼要爬那麼高啦！很危險，以後叫我弄就好，而且，那麼高的地方，又沒有人會看到。」

「我跟你說，跟人一樣，愈高的愈髒，以為大家都看不到，就更髒了。」麥可講起過往對抗的威權，毫不客氣。

「你說的沒錯啦，可是你都退休了，打掃的工作該換年輕人做啦。」

「你還沒說你為什麼要監視我？」麥可一邊從木製的階梯下來，一邊問，他喘了口氣，坐到階梯上休息。

「沒有啦，你出來再說，記得鎖門喔。」

「出去？要去哪裡？吃飯時間又還沒到！」麥可知道猴子又要找他去吃午餐，小小抗議。

「我想去吃擔擔麵，早點去才不用排隊排很久啦。」

「好吧，你等我一下。」麥可起身，要去把手洗一洗。

這猴子雖然調皮，但有時候滿貼心的，知道麥可一個人，中午有時懶得吃就不吃了，一週總會來邀午餐幾次。

上了車，迎面是猴子的嘻皮笑臉，大大的。

「幹麼？那麼開心？」麥可問。

「普天同慶，你今天滿月。」

麥可笑了出來。「都幾歲的人了，還要慶祝滿月噢？」

「對呀，我本來還想替你訂彌月油飯，後來想，我們幹麼不去吃飯慶祝，恭喜你七十一歲又一個月了。請發表滿月感言。」猴子說完，將手握拳，假裝是麥克風遞向麥可臉下方。

麥可也順勢跟著演下去，手握猴子的拳頭如同握麥克風一般，他認真地說：「今天我可以在這裡，首先要感謝猴子，因為他，我才會記得今天我彌月，謝謝猴子一直以來的支持。」麥可說完，還以右手腕翻兩圈表示謝帽禮，一副在頒獎台上模樣。

猴子大笑，拍手叫好，接著發動車子，打了方向燈，開出馬路。

後面一部黑色房車，緩緩跟上。

猴子看了一眼照後鏡，開口問：「要聽什麼音樂，邁爾士．戴維斯好不好？」

麥可微笑，點頭。隨著猴子在螢幕上按幾下，車內洋溢著這位傳奇小號手的音樂。在〈It Never Entered My Mind〉溫柔的小號抒情敘事裡，兩人安靜聆聽著，寬敞的車內成了視聽室。這是猴子特地請音響業者改裝的。後面的黑車不疾不徐地尾隨著。

車開了近十分鐘，猴子緩緩地說：「麥可，有件事跟你商量一下，我找了兩個人跟你，只要別太敏感就不會看到他們，你覺得這樣好嗎？先不要急著生氣，你聽我說……」

「看！為什麼要？」麥可立刻瞪起圓眼睛咒罵，連鬍子似乎都立了起來。「我以前被跟得還不夠嗎？」

「我就說你先不要急了嘛，你不會看到他們啦，除非出現什麼狀況，我跟你說，就是之前在跟我的那兩個。不是，你先不要皺眉頭，我保證你都不會看到他們，你記得我最怕不自由的啊！」

「不是，我又不像你是董事長會被綁架，幹麼要叫人跟我？」

「沒有啦，董事會叫人跟我是怕我闖禍，吃飯沒付錢之類的，跟你不一樣。你聽我說，你年紀大了，要是跌倒怎麼辦？」

麥可回：「跌倒就站起來呀，什麼怎麼辦！」

「好啦，好啦，你不是要我把隨身碟還給那個李律師的家人嗎？」

麥可揚起左邊的眉毛，好奇但仍帶怒氣地問：「所以呢？這和找人跟著我有什麼關係？」

「我昨天就叫公司的法務處理，結果，他晚上急著跟我說事情有點詭異。」

猴子說完，打了方向燈，把車停在路邊。

「怎樣？幹麼停路邊？」麥可問。

「這樣我比較好說話啦。警察說，那位李律師的遺體還在冰櫃，然後警方也聯絡不到家人。」猴子的表情難得嚴肅起來。

「他有姊姊呀，爸媽也在南部……」麥可說到一半，意識到事態的異樣。「你的意思是，那天來找我的不是他姊姊？」

猴子點點頭，繼續說：「還有，你說那個女生是什麼時候找你的？」

「週二吧。」

「你確定嗎？」

「確定，我還沒痴呆。」

「好，那就更怪了，警方是週三才發現屍體的。」

「你的意思是那女生殺的？」

「我不知道啦，至少那個女生說對一件事。」

「什麼事？」

「那位李律師不吸毒，他身上只有一個針孔，上面插著針的那個。」

麥可沉默。

「當然，也可能是第一次用藥，劑量沒掌握好，那位小姐也可能真的是他姊姊，只是沒有登記在戶口名簿上。但是她在警方發現前就來找你，這件事有點怪。」

「你們家法務這麼厲害？」

猴子臉上露出不好意思的笑容說：「沒有啦，我跟他說，這件事很重要，叫他動用再多資源都沒有關係……」

「你錢不要亂花。」麥可的聲音冷靜，但聽得出帶點責備的語氣。

「沒有啦，安全第一，誰叫他們不讓我離職，就得幫助我，讓我能有較佳的工作狀態啊！」

「這件事跟你工作狀態有什麼關係？」

「我擔心你呀，擔心你就會無法專心在日常工作上，所以，有人保護你就是在管理我的心理健康，我的心理衛生顧問也認同。畢竟，我是曾經因為家庭變故而崩潰的人嘛，對於家庭關係有比一般人更高的依賴需求，這點是毋庸置疑的。你看，我是不是說得很好？」猴子笑著說。

「你少在那邊，講得跟真的一樣。」

「真的啦，真的在唬爛。反正，我們早上開過視訊會議了，他們也認同，但我站在不想欠公司人情的角度，避免那些董事囉嗦，以後用這理由說我不能離職，我說這筆保護你的費用我自己出啦，不會用到公司資源。」

「搞半天，你還是在亂花錢，我拒絕。」麥可回答得很快，很硬。

「你聽我講完，錢是最便宜的東西啦，命才貴。你看，都出一條人命了，人家還找上你，不小心一點不行，我那法務說，警察現在懷疑那律師是被黑吃黑，又說現在一堆年輕律師被吸收進詐騙集團，因為金額龐大，手段也更加凶殘，叫我們要小心點。」

「那你隨身碟給警察了嗎？」麥可揚起頭問。

「沒有啊，我沒有跟法務說，我只講有個女的來找你的事。」

「好，那我來查這件事。」麥可正氣凜然地說。

「不是，這是警察的事吧，我怕人家來找你，你卻還要去找人家，有沒有搞錯啊？」猴子忍不住抗議。

「現在回想起來，那天李律師來找我，應該很苦惱吧，但我只給他谷川俊太郎，想說可以讓他心靜下來，沒想到，他需要的更多。你說他現在也沒有家人了，那誰能幫他？至少要找出害他的人。最重要的是……」麥可講到這停頓一下。「我覺得，騙人的人很不應該，要得到教訓。」

「你說詐騙集團噢？」

「對，還有，那個女的！怎麼可以假冒家人呢，家是人類最基本的單位，家人是世上最重要的人啊！」麥可氣憤說完，用力拍了副駕駛座的手套箱上方。

猴子看著憤怒的麥可，點點頭。世上沒有人比他更在意家人這概念了。

猴子只有麥可這個家人了。

不管怎樣，都要守住。

五

結果，那天午餐吃擔擔麵的時候，猴子都在問陳文成教授在臺大死亡的案子，因為麥可作為當時的黨外活躍分子，曾經暗地裡調查。

「我們那時候還做實驗，把跟陳文成體重接近的重物扛到五樓，再丟下去。」

「哇，你們做到那樣啊，難道不怕被抓？」猴子驚訝地說。

「怕！怎麼不怕，但人都死了，我們不能假裝沒這件事啊。」

「我記得有兩位美國法醫來拍照、解剖。」

「對啊，他們回美國發表文章，認為陳文成不可能是自殺，也不是意外，絕對是他殺，homicide。」麥可特別強調「他殺」的英文，字正腔圓，畢竟是外交系畢業的。

「他們怎麼認為的？」

「那位法醫病理學家寫了一篇〈發生在台灣的謀殺案〉（*Murder in Taiwan*），

認為陳文成可能是被打昏或用麻醉劑迷昏後，以平行於欄杆的姿勢拋下去。根本不是台灣警方說什麼屁股坐在五樓欄杆不小心往後倒。」

「拜託，而且那天是他被警總約談沒有回家耶，最後看到他的人說他自殺，這也太沒有說服力了。」猴子激動地說。

麥可突然安靜，猴子望著他。

「怎樣？你覺得那個李律師也是被加工自殺的噢？」猴子問。

麥可沒有回答，似乎在思索。

「其實，真的有點像。每件事都怪怪的……」猴子邊說邊夾起碗裡的抄手。這家店的抄手好吃，已經傳到第三代，三兄弟也都成家，三個人接起鍋勺，承接父母的小小店鋪，倒沒承接父母吵架的火氣。

以前最怕什麼？最怕排了半小時終於有位置了，老闆和老闆娘卻吵架，老闆大吼一聲「我不煮了」，丟下大湯勺，甩身就走，那才最叫人害怕。猴子自己就遇上過一次，滿店的客人面面相覷，大家的心聲應該都一樣：你們夫妻吵架沒關係，但是可以先把麵和抄手煮完再走嗎？

猴子想到往事，笑了出來，跟麥可也講了一遍，麥可微微笑，頭往遠處一點，示意猴子看過去。

遠方，在店鋪一旁的轉角，老闆娘專注地包著抄手，一如過去的幾十年，渾然不知有人正一邊吃著她包的抄手，一邊討論著命案。

麥可似乎想到什麼，轉頭問猴子：「你找的人呢？」

猴子一聽，喜出望外，舉起手來。

麵攤裡的小老闆馬上靠過來：「你要什麼？」

猴子轉頭，不好意思地趕緊說：「沒有……啊，我再一份抄手，謝謝。」

麥可揚起左邊眉毛，問：「你還吃得下啊？」

猴子微笑：「沒有啦，你剛不是問那兩個嗎？我點給他們吃。」

「才一份啊？」突然身後傳來聲音，麥可急著回頭。

是一對大學生模樣的男女。

兩人緊跟著說：「大家好，我們是『阿呆與阿花』。」

異口同聲的模樣，讓麥可目瞪口呆，停了一秒後笑出來。

猴子一看，也跟著高興地笑著：「我跟他們說，第一印象最重要了，來，叫麥可。」

兩人又異口同聲：「麥可叔叔好！」喊完之後，兩人微微點頭鞠躬。女生的外型姣好，男生健康開朗，模樣賞心悅目。

麥可微笑，跟眼前氣質非凡的兩人點頭。

猴子馬上以一種類似NBA介紹球員登場的高亢語調說：「這是Jack & Jamie，傑克和潔米！」看麥可笑吟吟的，他馬上繼續說：「他們是姊弟還是兄妹，等等給麥可猜，不過，他們都有格鬥類國際級競賽金牌。可惜沒有男女混雙的比賽，不然也會是冠軍喔。」

「什麼混雙啦，又不是在打網球。」男生眨動電影明星般大眼睛，抱怨了一下，聲音很開朗。

「不好意思，不好意思，我不太會介紹人。他們之前也保護過不少重要的人，是經驗豐富的專業人士。唯一的問題是長得太好看，常被以為是演藝圈的。」猴子趕緊補充。

「我最討厭用外表評判人，相信麥可叔叔不會這樣。」女生輕輕說，漂亮秀麗的五官，但一臉嚴肅。

「他們只有一個小問題，傑克不太會哭，潔米不太會笑，過去的生活經歷造成的小問題，其他都很專業完美。」猴子看麥可表情似乎很開心，心想事情成了。

「噢，別擔心，這不會是問題。」麥可緩緩地說，臉上依舊帶著笑容。「因為……我不需要你們的服務。」

猴子一聽，有點急。「啊？怎麼這樣？你剛剛不是才問那兩個人呢……啊，我懂了，你只是問，你沒有說要接受……我中計了，可惡。」猴子臉上滿是苦惱。

麥可微微笑，拍拍猴子肩膀說：「沒有啦，我只是想看看保護你的人長怎麼樣，認識一下而已，我不需要啦。」

「抄手來了！」小老闆正巧端上一碗抄手，打破了尷尬氣氛。

「來，來，抄手是我的。不管要保護誰，我都沒問題，動手前先抄手。」男生一把接過小老闆手上的盤子，沒想到，一雙筷子突然伸入盤子中。

是女生，可愛的女生，動作快速地夾走一個抄手，不愧有運動員的敏捷。

男生抱怨著，瞬間跳開，動作敏捷，距離一下拉開，手護著那碗抄手，嘴裡念著：「吼呦，幹麼搶人家的抄手啦。」

女生立刻把抄手塞入口中，一個箭步衝上前，一下縮短兩人距離，她看男生護食動作，身形一閃，手往男生腰際襲去，男生見狀，立刻手刀往下格擋，還沒擋到，女生的手巧妙轉動方向，從盤子中又拿走一個抄手。

整個動作十分靈巧，電光火石間，麥可看得津津有味，臉上溢出笑容來。

猴子在旁喊著：「不要打了啦，都幾歲了，不能一起吃嗎？」同時看到麥可臉上溫暖的笑容。

簡直就像阿公一般。

四個人彷彿三代同堂。

背景傳來男生抱怨聲音：「怎麼一起吃，她食量很大耶！」

「說女生食量大，你欠揍！」女生的聲音傳來。

「你本來就食量大！」

「你才食量大，你全家都食量大！」女生不甘示弱，邊動手邊念。

猴子和麥可坐在一旁，隔山觀虎鬥，猴子看麥可笑吟吟的，趁這機會問：

「你猜，他們是兄妹，還是姊弟？」

麥可的笑容，讓眼尾像魚一般，猴子很久沒看到麥可笑得這麼開心。平常怎麼逗都只是微笑，談論起政治更是嚴肅到不行，原來，麥可也有這一面，含飴弄孫。

「我猜，」麥可邊笑邊回答，「他們是雙胞胎。」

猴子驚訝，脫口而出：「你怎麼知道？」

麥可繼續說：「而且，男生比較女生，女生比較男生。」

猴子再度驚訝：「你怎麼知道？」

麥可笑著說：「我推動同婚，還幫那麼多對證婚過，怎麼不知道？」

四人笑鬧成一團，和樂如家庭，猴子感到被接納，幸福感打心底湧上。

那時，並不知道，遠處，烏雲逐漸密布，緩緩朝他們靠近。

六

猴子那天想到一個好方法，沒想到奏效了。

這想法來自於自己，所以他有點得意。

傑克本來有點擔心，那天猴子說，和麥可見面第一印象很重要，不要惹怒他，弄僵了後面就難辦，要他們以搞笑藝人方式登場，結果奏效了。

與其過分嚴肅說服，不如放下身段，畢竟，麥可這種過去敢和威權對抗的，就是標準的吃軟不吃硬。

下一個是，不需要麥可答應接受保護。以麥可那種信守承諾的個性，一定會考慮再三，甚至當面拒絕。

果不其然，麥可拒絕了雙胞胎的保護。

但接著才是重點，要拒絕麥可的拒絕。

不過，不是強要他接受，而是被拒絕也沒關係。

「那被拒絕了怎麼辦？」潔米疑惑地問。

猴子回她：「不怎麼辦，就繼續日常啊，麥可疼年輕人，你們有禮貌又乖巧，他不會為難你們的。」

「那這樣幹麼跟他說？反正他拒絕了我們還是照做。」傑克納悶。

「你很笨耶，我聽董事長的意思，就是你如果不跟麥可叔叔說，硬來的話，他會翻臉，他就吃軟不吃硬啊。你是笨蛋噢。」潔米快人快嘴，反應極快。

「你才笨蛋，你全家都笨蛋！」

「我家就是你家啦！笨蛋！」

「你大笨蛋！」

「你超大笨蛋！」

「你們好幼稚。」猴子看著眼前吵鬧拌嘴的兩人，忍不住念。

「董事長你沒資格說我們幼稚吧！」

「董事長你應該沒資格說任何人幼稚吧！」

「好啦，你們很像是二重唱，還是相聲的？總之，你們見機行事。」

雙胞胎收起笑容，點點頭，表示收到。

猴子繼續說：「然後，我猜，麥可會想調查這案子，他以前查過一些懸案，你們陪他一下。」

「不是，這個麥可先生，這麼冒險犯難嗎？」傑克問。

「你可以叫他麥可叔叔，他確實有點像俠客，在乎公義。」

「麥當勞叔叔，肯德基爺爺。爺爺是叔叔的爸爸。」傑克得意洋洋地說起他在台灣的發現，因為在國外長大的他，經驗裡並沒有麥當勞叔叔、肯德基爺爺的說法。

潔米翻了翻白眼。「等一下，原本說是保護，變成查案的話，費用不一樣哦，那個風險溢價，董事長你懂喔？」

「我是不懂事的董事長啦，不過，費用double可以嗎？請你們幫忙。」傑克大喊：「可以，double team！」

「不要立刻答應啦，他等一下自己就會喊triple。三倍！」潔米打斷興高采烈的傑克，接著說：「而且，這筆錢也未必好賺，我們根本不知道那個冷錢包裡有多少錢，你不知道對方會用多少資源來拿回去，我強烈建議查案交給警方。」

「我再考慮看看。」猴子陷入思考中。

畢竟，整個案子有點詭異，牽涉到詐團的大筆金額，凶險就加倍了。只是麥可想解謎給死者寬慰，這也不是誰就能說服的。

「我合約再寄給你們。」猴子想了想，能做的還是先做。「Double team! Double team!」傑克雙手張開，兩腿半蹲，不斷在潔米面前做出籃球防守動作。

「煩耶，走開啦，而且兩個人才能double team啦！」潔米伸手把傑克推開。

猴子想著該怎麼處理冷錢包。

他想到一招，很爛，但或許可行。他打開了電腦。

◆

接著的日子，雙胞胎基本上就等於住在圖書室裡。

傑克說是他人生中讀最多書的時候，潔米說是她人生中最悠閒的時光。每天聽音樂、喝咖啡、看故事書，兩個人愜意極了，連拌嘴的次數都減少了。兩人一人一張桌子，各自有各自想看的書，注意力不在對方身上，當然就一片祥和。

唯一要注意的是，麥可要雙人組叫他麥可，不要叫他麥可叔叔，他說，這是平等的展現。

傑克的書幾乎都是麥可推薦的，全是小說。兩天就讀完的是《防守的藝術》，不全因為是棒球小說，而是因為傑克覺得防守很重要。他尤其喜歡和麥可聊天，發現麥可幾乎看完了架上的書，非常驚訝，驚訝到傳訊給猴子。

結果，猴子回的訊息讓他更驚訝。

「那些都是麥可的書，他是因為家裡放不下而弄個圖書室的。很瘋吧？」傳來的文字也很猴子。

不過，彷彿休假的日子，在那天下午被打斷。

◆

那群人衝進來的時候，搭配著極大的喊聲，幾乎就是在提醒防守方：「嘿！我們來了！」而且那喊聲有點類似辭彙匱乏，只是不斷地重複髒話，幾個拿短球棒的用力敲打著桌面，有的用球棒指著傑克罵。

傑克頭微抬，目光快速地掃過一輪。首先計算：六個人，應該是開一台七人座的廂型車來吧，司機可能沒下來，車在門口發動著，等著隨時要撤退。看身形，有三個過瘦需要鍛鍊，其中兩個看得出來正在忍受著疼痛，因為拿球棒敲桌子的手，虎口被震得發疼。看他們拿球棒的樣子，應該沒有打過棒球。有兩個應該需要去看減重門診，體脂率恐怕破百分之三十，比起到圖書室看書，可能更需要去醫院裝心臟支架。而且他們應該沒有團隊合作的經驗。

「館長呢？」看起來像帶頭的平頭男子問，短袖下是一路到手腕的刺青，十分繁複的花樣，大概花不少錢。

「應該在直播吧？」傑克輕聲回。

平頭男一臉詫異：「直播？」

「你說那個館長嘛。」傑克微微笑，一邊在心裡盤算著。

「幹！不是那個館長啦，這裡的館長啦，人咧？」

傑克確認了這人應該是帶頭的，先處理他就好。「喔，他在附近，我畫地圖給你看。」接著起身，走向那平頭男，手上拿著《防守的藝術》。

他走近平頭男，說了句：「幫我拿一下。」遞出手中那本《防守的藝術》，平頭男沒有心理準備，自然地伸出雙手接過。傑克突然轉身，自櫃檯的筆筒抽出一枝原子筆，迴身，反握筆身，插下，平頭男的脖子血直流。

平頭男大聲尖叫，左手扶著脖子露出的筆桿，右手仍捧著《防守的藝術》，叫聲不停，間雜著「啊，幹！啊，幹！」似乎嚇壞了。

傑克伸出左手，迅速抽回對方手上的書，一邊說：「防守真的是藝術，這本很好看，不要弄髒。」他愛惜地把書輕輕放下，還特別小心翼翼往桌子中間放。

愣在一旁的其他人彷彿大夢初醒，大喊著衝向傑克，傑克一個轉身，閃過球棒，左手一帶，把平頭男拉向前，擋在自己身前，正好擋著緊跟落下的球棒。

平頭男挨了那一記球棒，也只悶哼一聲，因為脖子上直流的血，嚇人許多。

「你們要不要趕快送他去醫院？當然也可以不要，我猜大概還有五分鐘他會失血過多休克，然後再多五分鐘，就不用送了。」傑克一手抓著平頭男，從身後鎖住他的肩關節及脖子，緩緩地說，另隻手放在那沒入脖子的筆桿上。

「幹，你不要亂來喔！」一個手臂滿布刺青的小弟大吼，手中球棒指著傑克。

「罵人無法解決問題。」說完，傑克手下壓，筆往內壓入〇．二公分。

「啊！」平頭男再度大叫。

「基哥！基哥！」小弟叫著，凶惡表情瞬間轉為擔憂。

「恭喜你，你剛剛讓你們大哥又少了一分鐘。我很怕人家大聲，怕影響聽力，尤其是髒話，也怕音樂聽不清楚。」傑克看向架上的唱片封面。「像現在播的是〈查拉圖斯特拉如是說〉，你們要不要安靜一點？」

「你想……怎樣？」小弟看著老大，大聲吼，但到「怎」字時，忽然想到不能大聲，又把音量降下來。

「應該我問你們吧？」

「那個冷錢包！在哪裡？」

「我覺得你不太禮貌哦。」傑克作勢壓著筆桿末端。

「歹勢啦，對不起，請問冷錢包在哪裡？之前有個律師來，留在這的。」

「喔，你們要找失物嗎？失物招領的話，請到失物招領處，也就是櫃檯。」

小弟突然變小弟弟，講話語氣都柔和了起來：「請問……櫃檯的哪裡？」

傑克指了身後，再往其中一個小弟的方向一點：「你來！」

那小弟怯生生地說：「要幹麼？」

「幫忙壓著這枝筆啊。」傑克不耐煩地回。

小弟一個個臉色齊變。

傑克改變語調，以一種介紹說明功能文字的方式，慢慢說：「好，我說噢，你來代替我壓著這枝筆，你看，隨著大量失血，脈搏變弱，血壓下降，我猜你們老大現在收縮壓在八十以下了，所以出血量也跟著減少，這是很棒的事哦。你扶著這枝筆，讓他的傷口內外壓力平衡，這時候最怕有人把筆拔掉，會大量噴血，那樣就瞬間登出掰掰了。你來壓著，保持相同力道，不要亂動，我來幫他辦失物招領。」

那小弟頻頻點頭，放下手中的球棒，走向前，一手扶著已昏迷的老大，另一手小心翼翼地扶住筆桿。

「喂，你會寫毛筆嗎？用寫毛筆的手勢會更穩喔。」傑克補上一句。

那小弟緊張地換握筆方式，其他人在旁邊七嘴八舌討論。

「我記得要靠在無名指，像這樣。」那小弟在半空中握著無形的筆示範給其他人看，傑克微笑，翻個身，躍進櫃檯裡。

幾個小弟討論起握筆姿勢，空間裡瞬間充滿了書香氣息。

「不是吧，我那個老師不是教這樣。」

「你在哪裡學的？」

「台南少觀。」

「府城的！可能比較有文化，你去扶老大！」另一個喊。

七嘴八舌中，又要換人扶，幾個人七手八腳的，口裡喊著「小心啦，小心」。

傑克蹲下，從櫃檯下方抱出一個木箱，準備打開。

旁邊還在吵。

「我是國中學的，有點不確定。」

「吼，那你剛才還講，幹！」

聽到罵聲，傑克看向那小弟，小弟立刻道歉：「不好意思，我那是發語詞。」

「那你接著要說什麼？」傑克皺眉問。

「啊？什麼？」小弟不懂。

「發語詞的意思是後面要講一句話吧？算了，你們誰過來看一下，哪個是你們掉的什麼錢包？」

一開始提到冷錢包的小弟，看似這群人的二把手，走向前，低頭翻起箱內的雜物，來回翻了一下。傑克不耐煩地催：「我是很多時間啦，但你們老大可能沒有哦。啊，還是你就是想讓你老大沒時間的？」

場面有些荒謬怪誕，就在發語詞和老大的呻吟聲混雜中，埋首箱中的二把手突然大喊一聲：「找到了！」

全部的人都看向他。

他手上高舉著一個隨身碟，動作宛如自由女神。

「咦，怎麼是隨身碟，你剛剛不是說錢包？」傑克質問他。

「這個就是冷錢包啊！」

「真搞不懂你們年輕人，就不會好好說話嗎？奇怪！」明明自己也是年輕人的傑克裝得老氣橫秋。

「謝謝，那我們先走了。」二把手有禮貌地向傑克道謝。

「等一下啦，你登記一下，身分證也給我影印。」

「身分證？」二把手拿出錢包找，翻了一陣。「不好意思，健保卡可以嗎？」

「我不知道耶，這裡看起來像醫院嗎？」傑克沒好氣地回。

「可是我上次去看醫生，沒有健保卡也可以看耶。」一個戴金邊眼鏡的小弟插嘴。

「我們現在是要討論健保制度嗎？快一點啦，不然隨身碟還我。」傑克似乎沒什麼耐性，背景的交響樂正來到高潮。

「幹！你們趕快找啦！」二把手激動地喊。

一下子，所有人拿出各自的錢包，匆忙翻找，傑克笑著說：「你們這樣好像吃飽飯，大家搶著付錢噢！你們要有效率一點，我很擔心你們要換老大耶！」

「我有，我有……」金邊眼鏡小弟拿著身分證跑向櫃檯，感覺真的像要結帳。

「有也不快點拿出來！」二把手凶惡地搶過身分證，轉頭卻畢恭畢敬地雙手遞上給傑克。

傑克一邊端詳身分證，一邊看小弟的長相：「你以前比較清秀耶，現在這個髮型不適合你啦。」

金邊眼鏡男摸摸自己的頭，害羞地說：「是噢，我也覺得……」緊跟著，意識到二把手瞪視的目光就趕緊閉嘴了。

傑克往兩旁看了看，找尋影印機，找到後就要走過去。「借我影印一下喔。」

「呃，那個……」金邊眼鏡小弟猶豫著。

「怎麼了？」傑克問。

「那個……那個，你們不會拿去跟地下錢莊借錢噢？」小弟怯生生地問。

傑克微笑：「不會，我會跟銀行借。」

小弟吃驚，望著傑克。

「開玩笑的啦，不要緊張，不然我幫你注明，圖書室專用，可以嗎？」

小弟安心地點點頭。

傑克低頭看影印機的面板，遲疑著，回頭問：「嗯，這要怎麼用？」

二把手大喊：「你們去幫忙，快點。」

幾個年輕人就圍著影印機，手拿球棒，彎腰研究，皺著眉頭討論。

傑克手靠著櫃檯，好整以暇地望著他們手忙腳亂。「你們這樣好像棒球漫畫，一群年輕人想加入棒球隊，正努力地填入社申請書，真是熱血啊！」他轉頭看向二把手，二把手只能尷尬地點頭微笑。

「帶人不容易噢？」傑克體諒地向二把手搭話。

「對呀，現在年輕人難帶，不好溝通。」

「辛苦了，你們是日式球風，還是美式球風？」

「啊？什麼意思？」二把手不理解。

「日式球風就是管理較嚴，訓練也多；美式球風就比較開放，重視個人表現，相信選手有自律能力，會自主訓練。」

「喔，原來是這樣，我也不知道我們『公司』算哪一種。」

「各行各業都要學習管理學啦，你有讀麥可・波特的書嗎？管理大師喔。」看二把手搖頭，傑克繼續說：「啊，我想到了，我推薦球評曾公的《職棒教頭列傳》，真的很好看，其實總教練就是總經理啊……」

還沒說完，聽到影印機啟動的聲音，年輕人歡呼起來，每個人臉上都是笑容，純真無比。

「印好了噢。那資料趕快填一填。欸，筆呢？」傑克在櫃檯低頭翻找，抬起頭，發現所有人都看向同個方向。

傑克也跟著看過去。

那昏迷面無血色的老大，脖子上，插著一枝筆。

室內所有人安靜下來，只有交響樂持續著。

七

「我們只是去買個咖啡豆，你連看家都不會。」潔米手撐在拖把上，嘴裡念念有辭。

圖書室裡的音樂是邁爾士．戴維斯五重奏在一九六七年的專輯《邁爾斯的微笑》。

傑克把一枝筆放進塑膠袋裡，仔細地封好袋口，遞向潔米。「你拿去給那個猴子董事長。」

「這什麼？」潔米接過後問。

「筆呀。」

「我當然知道是筆，我的意思是要幹麼的？」

「這個上面有指紋。」

「什麼啊！」潔米立刻把那袋子丟到桌上，一副嫌棄的樣子。

「可以給他們比對，看是不是出現在李律師過世的現場。」

「等一下，你這枝筆是你給人家插在脖子上的那枝嗎？噁心死了，拿走啦！」潔米滿臉厭惡，手頻頻揮動叫傑克走開。

傑克撿起那裝筆的袋子，故意在潔米面前甩著。「不是那枝啦，那枝筆要是拔出來，又會噴血，我怕他們會嚇死。這枝是我後來另外找到的，現在上面有他們老二的指紋啦，我叫他寫那個失物招領的登記，他用的是這枝筆。」

潔米聽了點點頭，但忽然有點憂慮地問：「喂，對方會不會真的掛掉啊？」

「不會啦，我根本沒弄到頸動脈，離很遠耶，我只是跟他們講得比較嚴重，嚇他們而已。」

「他們去醫院的話，醫生會不會報警？」

「不會，他說他們有平常會去的外科醫院，類似企業特約員工診所，而且要是報警，他們要怎麼說？『警察先生，我去圖書室的時候，不小心被筆插到了。』黑道這樣說，應該會被笑吧。」

潔米點點頭，想了一下。「那他們拿走那個冷錢包有說什麼嗎？」

「有說謝謝。」

潔米翻了一下白眼，轉頭看向坐在櫃檯後的麥可。「麥可，你看他啦！」

「麥可，你看他啦！」傑克像學舌鳥般重複潔米講的話，還扮了鬼臉。

麥可只是微微笑，看著自己的手機。

「猴子真聰明，知道他們會來拿，弄了個同牌子的冷錢包，裝上定位，衛星就會帶大家去找他們，警察應該已經快上門了吧？」傑克笑著繼續說：「猴子還說要放一堆隨身碟讓他們自己找，是他們自己拿到的，就更不會懷疑了。」

麥可把手機放在桌上，螢幕上是個衛星定位APP，一個小圓點在地圖中間亮著。

「猴子叫你把隨身碟給出去，沒叫你把人家弄傷啊！」潔米繼續念著。

「有哦，他有交代說給對方一個記憶點啊，讓對方以後不敢再來。我猜，那個帶頭的，以後看到拿筆的人都會怕吧，誰叫他進門把球棒打在書上面。」

傑克拿塊小布，輕柔擦拭著那本被球棒打到的書，封面有一長條髒汙，他小心翼翼地擦著。

◆

「我有個問題，這沒有侵犯對方隱私的問題嗎？我說那個GPS衛星定位。」

麥可憂心地問。

「嗯，這個問題很好，嚴格說來，我拿出那個失物箱，由對方從裡頭找，對方主動且直接地拿了我們的隨身碟，我們的隨身碟在那一刻成了被誤拿的失物，而上面有GPS功能。我們為了找回那個被誤拿的失物，只好啟動那功能，並請求警方協助取回，而警方只是意外在現場發現了其他犯罪跡證。同樣的，那個指紋，也是我們圖書室被惡意損毀下現場保留的犯罪跡證，只是檢警意外發現和另一個命案現場指紋一致，才進行深入調查。

「其實，他們要是知道助記詞，只要買新的冷錢包，再輸入助記詞，就可以還原虛擬貨幣的帳戶密碼了。我猜，他們可能為了安全起見，想用原來的，或者被李律師誤導也不一定，以為冷錢包多重要，其實助記詞比較重要啦。」傑克補充。「我也是現學現賣啦，那天猴子講的。」

「那個助記詞到底是什麼？」麥可問。

「其實，我覺得有點像詩耶，可能是二十個英文單字組合起來，mail tourist like salt call love below need……你聽，不就什麼奇怪的詩嗎？哈哈哈。」傑克說完自己開心大笑。

「聽起來怎麼很像勒卡雷的間諜小說《鍋匠、裁縫、士兵、間諜》？」麥可摸摸脣上的鬍子，完全英國紳士模樣。

「好看嗎？你這裡有沒有？借我看？」傑克眼神發光，這陣子被麥可餵得食欲大開，對書充滿興趣。

麥可沒有回答，只是微微笑起身，走向書櫃。

潔米坐在椅上繼續想著，緩緩說出：「可能他們也沒有助記詞……」

傑克把手上抹布當作披薩餅皮甩，用手指旋轉著，邊回答：「管他的，反正都是髒錢，最好都不見啦，讓誰都用不到。」

「說不定那個李律師想把不義之財拿來捐給圖書室，才把冷錢包拿來這。」

傑克停下手上的動作，轉頭看向潔米，興奮地說：「真的假的？那我們是不是應該完成他的遺志啊？」

「假的，我亂講的，誰知道這些人怎麼想。」潔米搶過傑克手上的抹布，很快地摺成一朵花，她的手指十分靈巧。

「不要想那些有的沒的，看書比較實在。」麥可拍拍傑克肩膀，在他面前放下勒卡雷的小說。

傑克喜上眉梢，迫不及待地拿起，潔米冷冷地說：「要是你以前的老師看到你讀書，一定不敢相信自己的眼睛。」

八

科索沃，零下六度。

猴子從飯店走出，要走去國會大樓開會。前後各兩名保鑣，從倫敦飛過來的，當地警察站在各個路口戒備。

猴子沿著寬闊的大道往前走，很難想像會有這麼大的一條馬路只供行人通行，這應該也是文明的象徵吧。

左手邊有座女子護著小孩的銅像，是德蕾莎修女。猴子昨天站在那前面查手機，原本就知道德蕾莎修女在世界各地的貧困地區、戰區服務，包含印度、加爾各答、貝魯特，甚至車諾比核災的災民，沒想到，科索沃也有，再往下讀，才發現，原來這裡不只是她服務的地方之一，也是身為阿爾巴尼亞裔的她，有著深厚文化連結的地方，她就出生在過去鄂圖曼帝國的科索沃省。

一九九八年春天，科索沃德雷尼察發生可怕的種族屠殺，塞爾維亞警察部隊對阿爾巴尼亞裔村民、婦女兒童近距離槍殺處決，那天是二月二十八日。這個日期巧合地和台灣傷痛的日子是同一天。那一場殘暴的屠殺，促使了科索沃投入獨立建國的戰爭。

望著德蕾莎修女的雕像，猴子替她稍感慶幸的是她在前一年過世，不然她看到種族清洗、大規模性侵的場景，恐怕將痛苦不已吧。

猴子繼續往前走，這段人行步道真的很舒服，至少有五家書店。連成兩列的大樹，比其他地方先覆上了白雪，如同德蕾莎修女雕像上積了一頭潔白無瑕。

右前方是巨大白色襯金色勾邊的瑞士鑽石飯店，據說是當地最豪華的大飯店，但猴子嫌它太富麗堂皇，而且建築看起來有種舊時代的威權感，完全不想住。

猴子選了這步行大街上的小飯店，原以為維安單位會抱怨，沒想到他們欣然同意。原來小飯店只有一層，不到十個房間，出入人員好控管，不，他們根本包下了整個飯店，反正也沒幾間。

猴子沒想到的是，自己窗外就是那富麗堂皇的瑞士飯店，雖然距離幾十公尺，但因為巨大，依舊占住了三分之一的視野。真是的，威權就是這樣陰魂不散。

當時大屠殺的主導者米洛塞維奇，後來在總統大選敗北，海牙國際法庭控訴他在克羅埃西亞、波士尼亞及科索沃戰爭中犯下六十多項罪行，最後遭引渡受審，成為歷史上第一個被送上國際戰爭罪法庭的前國家元首。那台灣的威權者呢？想到這，猴子就想打電話給麥可。

但台灣現在幾點呢？

猴子心算著，台灣比科索沃快七小時，現在科索沃是上午十一點，那台灣就是傍晚六點囉。

想了想，他趕快拿出手機。

響了三聲，麥可穩定讓人安心的聲音傳來。「喂。」

「喂，今天都沒事吧？」猴子問。

「沒事，我們在準備休館了。」

「還有奇怪的人來嗎？」猴子想到之前來的棒球隊，不，應該說球棒隊，誰想得到會有人去砸圖書室呢？麥可嘴上不說，但心裡應該是謝謝猴子的。

「沒有啦，再奇怪也沒你派來的人奇怪吧？」麥可的聲音充滿少見的活力，可能是有孫子輩陪的關係吧。

「喂，你們猴子董事長打電話來！」麥可應是在向那兩人講，同時開了擴音。

「董事長，我今天讀了兩本書喔。」傑克的聲音彷彿小學生，興奮無比。

「乖，傑克最棒了！」猴子不吝於讚美，據說這是管理學ABC。

「他桌子沒有擦乾淨啦！」潔米的聲音從遠處傳來。

「你當姊姊的要多教他啊。」猴子記得，給予對方身分的肯定，也是重要的激勵因子。

「他又不會聽我的話。」

「她只早我一秒出生，只要聽一秒就好。」傑克的理論似乎言之成理。

「你連一秒都沒有。」

「你連一元都沒有。」

「你連一文都沒有，一文不值。」

「麥可，你看，他用成語罵我啦，你快罵他。」潔米告狀著，像小孫女一樣。

猴子可以想像麥可正笑吟吟看著這一對金孫拌嘴，找他們來，真是正確的決策呀。

「你們可以吵鬧，但正事別忘了做好。」猴子不忘設定KPI。

「是，知道了。」兩人異口同聲。

「你那邊幾度？要穿暖一點。」麥可的語氣，就是家人的關心，無論對方幾歲，事業成就如何。

「零下六度，不過，不會冷，台灣冬天比較冷。」猴子回。

「對，台灣比較冷。」傑克附和。

「你的笑話比較冷。」潔米回。

「你的……呃，不知道什麼，比較冷。」

「不知道還講！」接著傳來巨響。

「好啦，不講了，兩個又要打起來了。」麥可急著要掛電話。

「你不用管他們啦，他們打不壞的。」無論是身體或感情，猴子心想。

「他們打不壞，但我的書會啊！好啦！掰掰。」麥可電話掛得又急又快。

猴子看著手上被掛掉的電話微笑，眼前科索沃的天空晴朗無雲，麥可的心也一樣吧。

九

科索沃國會門口小小的，要不是有人群聚集，應該會錯過吧。猴子想完又覺得自己想的不合理，畢竟，這群護衛才不可能讓他走過頭。

那群人不知道訴求是什麼，拿著幾個標語，有個攝影記者提著攝影機拍著，但沒一會兒又從肩膀放下，似乎在等候其他重要人物到場。記者臉上露出無聊表情，轉過身來，看見走近的猴子，亞洲臉孔吸引了他的好奇，記者睜大眼想靠近，立刻被一旁的安全人員隔開。猴子只能給個善意的微笑，希望他體諒。每個人都在做自己的工作。

門口左邊有座小小的警衛亭，一名當地工作人員前去向警察接洽，警察走了出來，是個約四十多歲的女警，她聽著對方的說明，眼睛在猴子身上來回檢視。猴子感到一種平靜中微微透露的緊張感。

天空中沒有一點雲，地上沿著路邊一長條的白色，是昨晚的積雪。一個小女孩正蹲下，黑色的小手套很可愛，瞬間握著一團白，是雪球，一位貌似女孩母親的女子站在一旁，嘴裡念念有辭，應是在催促，但臉上依舊掛著笑容。

陽光金黃，灑在女孩的長頭髮上，嬌小的身子，背對著猴子，傳來笑聲，銀鈴般，這是世界共通的語言，來自天堂，名字叫作快樂。

女警仔細讀著手上的文件，猴子想起昨晚在飯店洗澡時突然停電，站在浴室裡滿是白色泡泡，忍不住笑了出來，如同眼前的小女孩一樣。一邊在黑暗中沖水，一邊想著沒有電等等要怎麼吹頭髮，零下十六度是不是會直接乾掉呢？因為結冰。愈想愈覺新奇，在台灣很少遇到停電，除非有颱風，但颱風來之前，你會有所準備的。這次沒有。

後來，保全人員回報，說是發電廠被放炸彈，疑似恐攻。

難怪，此刻，國會前有種淡淡的肅殺氣氛。

但小女孩玩雪的動作和笑聲都持續著，寒冷中，陽光依舊金黃燦爛，明亮極了。

電話響，女警接起，從亭內又看了一眼猴子的臉，終於點頭，走出哨亭，把手上的紙遞回給工作人員。接著，從猴子的眼中，一切變慢了起來。

一個穿著黑色大外套的男子，從人群外跑向門口來，口中大喊猴子不懂的語言，人們臉色驚恐地開始往外跑。一個微胖的男子往旁邊跑時撞倒了小女孩身邊的女子，她伸長手，朝著小女孩大喊，而蹲在地上的女孩，卻專注地玩雪，渾然不覺。

女警衝回哨亭，應該是按下了關閉大門的按鍵，銀白色金屬閘門開始移動，門在軌道上漸漸闔攏，但那大喊的男子速度似乎比門快上許多，眼看就要衝進去。

猴子突然覺得自己左手臂被抓住，身子也被使勁地往左帶，是護衛人員要帶他撤離。轉頭一看，那黑衣男被壓制在地，而金屬門持續移動著，混亂的視野中，猴子眼角瞄到金屬門軌道的終點，是那蹲著的小女孩。

「Dangerous!」猴子大力地從喉嚨喊出，卻發現自己的聲音消失在現場，太多人同時在喊叫了。

小女孩依舊蹲在原地，背對著一切，混亂的一切。那雪有這麼好玩嗎？猴子想著。總是在緊急的時候，想到些無關緊要的事。猴子想到，這小女孩這麼專心，超適合來寫程式的，真想找她來自己的公司。

不，前提是小女孩能活到長大，而那金屬門看起來那麼厚重。

要想想辦法。

要做點什麼。

猴子意識到自己手中有東西，要是讓東西卡住軌道，應該有機會讓門停下來吧？

沒時間了，先做再說。

猴子直到看見金屬門被那東西擊中，才意識到那東西是什麼。

沒丟準，那黑色物體打中銀色金屬門，彈開，在半空中，畫出弧線的同時，發出閃光，落地。

是猴子的手機。

事後想，應該朝小女孩丟的，比較好瞄準，至少能提醒她。要讓手機剛好卡在軌道，太勉強了。

但也可能砸中小女孩的頭。

想到那金色頭髮冒出紅色液體，猴子就不敢再想下去。

而門還在移動，離小女孩愈來愈近。

猴子身子持續被左側的護衛人員拉扯著，要帶他遠離這團混亂；所有人同時奔跑慌亂，沒有人看得到女孩，那女子似乎淹沒在人群中。

這時需要有一個人去把女孩拉走啊！猴子心裡想著，但**要有一個人！**

那個人就是你自己啊！

猴子用力硬扳抓住他左臂的護衛人員的小指頭，這是「小擒拿」的基本功，對方會因為疼痛而反射性鬆手。心裡覺得不好意思，但也沒辦法。

左手順勢，往下繞大圈，好掙脫開來，並在到底時往護衛人員身上推，好得到反作用力，讓猴子如同火箭的最前端，脫開後段的推進器，往小女孩飛去。

小女孩暗紅色的外套連著帽兜，要是戴上，不就變成小紅帽了？

——在半空中，猴子想著這些亂七八糟的事，身體著地的時候，一陣痛傳上來，這時聽到轟隆轟隆的聲音，為什麼剛剛沒聽到呢？

轟隆轟隆，為什麼這麼大聲呢？簡直像火車一樣，噢，因為那金屬門很厚重，在軌道上行駛，就像火車一樣，那自己現在等於在臥軌嗎？

猴子一邊爬向小女孩，一邊想著，轟隆聲就在身後了，剛剛的喊聲沒人聽見，自己不會說阿爾巴尼亞語的「危險」，小女孩又背對著，根本看不到肢體語言，只能直接把她拉開了。

猴子伸長手，拉到小女孩外套的帽子，用力往自己的方向帶。不行，炸彈客在門外，要讓女孩遠離。他抱住女孩，女孩掙扎著轉身，又圓又大的眼睛望著他，透著驚恐。

猴子抱著小女孩，雙腳用力蹬，身體往門內方向衝，如同登月小艇，起飛。

小女孩的圓眼睛在他面前，半空中，兩人相擁著，時間好像靜止了。猴子試著擠出微笑來。國際語言。

落地時，兩人在草地上滾了一圈，又一圈。

停下來時，猴子看到那門闔上，轟隆聲停止，人們繼續尖叫著。沒事了。

女孩臉上露出笑容，睜著大眼望著猴子，嘴裡說了一連串話，猴子聽不懂。

女孩用右手食指畫圈，猴子猜了一下，天啊，不是吧？是說在地上滾很好玩，還要嗎？

猴子想試著說明這不是在玩，但也不知道怎麼講，突然，轟一聲響，眼前一黑。

什麼都聽不見。

什麼都看不見。

掉進完全的黑暗中。

十

消息是傑克先知道的。

他在圖書室的右後方布置了一個角落，擺了張桌子，在正中央放了立起的iPad，一旁小花瓶插了一枝花，是向日葵。一個手做的陶杯，盛了八分滿的咖啡。iPad裡是猴子面向鏡頭的大頭照，大大的笑容。

一旁擺滿小卡片，都是附近的小學生寫的。有在卡片上畫棒球的，也有畫籃球的。

文字大抵是「猴子，我們永遠想念你」、「猴子，全壘打」，童趣且真摯的文字。

傑克面無表情站在桌前，放下剛剛看的卡片，看著那iPad裡的猴子照片，深深嘆了一口氣。

一個聲音傳來。「不是，你這樣弄得好像告別式。」潔米抱怨著。

「我在為他祈福啊！」傑克邊說邊在桌上放了一套《追憶似水年華》，他覺得猴子會喜歡看。

潔米不太認同：「那書太厚重了，對於一個沒有家人的人來說。」

傑克大喊：「我也是沒有家人的人啊！」

潔米瞪著他回：「你中文真的很爛，我就是你的家人啊，我們是沒有父母。」

麥可遠遠在櫃檯看著雙胞胎爭吵，沒有過去勸架的意思，一臉愁思。

電話鈴聲響，在圖書室顯得突兀，麥可指向牆上的注意事項，「電子產品請轉成靜音模式」。

遠處，傑克頻頻道歉，舉手在眉間來回敬禮致歉，深怕麥可生氣。

是桌上的 iPad 來電。

一行訊息寫著「猴子老大要求視訊」，在猴子大大的笑容上。

傑克趕快拿起 iPad，點開視訊，迎面就是猴子大大的笑臉和震耳欲聾的搖滾樂。

「董事長，小聲一點。」傑克急著說，一旁潔米猛搖頭，麥可臉上帶著怒氣。

「啊？你說什麼？」猴子大大的臉在畫面中間。

「我說，小聲一點，我們在圖書室。」

「對啊，我這裡十一點，快要吃午餐了。」猴子聽不清楚，整個雞同鴨講。

「不是啦，我是說小聲一點！」

「喔喔，等我一下，我關一下音樂……」

潔米翻白眼搖頭，傑克手一攤，表示沒辦法。

「好了，好了，麥可人呢？你不是說在圖書室？」猴子問。

「喔，你要找麥可噢，我叫他呀！」

傑克還沒講完就被猴子打斷。「等一下啦，我只是要確認你們在他旁邊，有就好。」

「喔，那董事長你今天怎麼樣？」

「很好啊，就等著看報告吧。今天早上排電腦斷層，我跟醫生開玩笑說我腦子有問題，那個醫生很嚴肅，說一定要照一下，也不知道是不是總理交代的？」

「要啦，小心一點好，我都有叫小朋友幫你集氣。」傑克語氣真誠，說完還點點頭。

「他大驚小怪，把圖書室弄得像靈堂啦！」潔米在一旁搶話。

「非常時期要有非常作法。董事長現在能平安無事，說不定就是小朋友集氣的結果。拜託，第一天的時候，是誰在那邊哭得吃不下飯，現在說我大驚小怪？」

潔米嘴硬地回：「我是怕這次工作收不到錢好不好！」

「潔米你有這份心，我很感動，會記在心上的。」猴子笑著回。

「報告猴子董事長，我比較期待記在帳上。倒是倫敦那邊有回報你到底發生什麼事嗎？」

「沒有耶，他們說狀況依舊未明，但判斷應該是塞爾維亞指使激進分子做的。」

「那個小女孩怎麼樣了？」潔米關心地問，可能想到自己小時候。

「她比我好，沒有腦震盪，也沒有昏迷。今明兩天，可能就可以出院，剛剛有來我的病房，不太高興的樣子。」

「為什麼？」潔米問。

「我知道，我知道。」傑克舉手，彷彿電視猜謎節目。

「好，請傑克作答！」

「答案是，出院後要上學。」

「正確答案！我們恭喜傑克選手，五度五關，登上衛冕者寶座！」猴子如同節目主持人在病床上播報。

傑克高興地揮手，像在跟電視機前的觀眾致意。潔米再度翻白眼。

「那小女孩的媽媽呢？有沒有消息？」潔米問。

「說手術後還在恢復，沒有聽說進一步的狀況。而且小女孩說那不是她媽媽。我猜可能是保母吧。」

「董事長，你看你為了救小女孩不被門壓到，所以滾進門裡頭，幸好門幫你擋下了爆炸，不然一定更嚴重。」

三人同時想到事件中的傷亡者，安靜了下來。

「我們應該為他們做點什麼。」猴子看著手掌，上面仍有些擦傷用紗布包著。「那幾位保護我的，我跟保安警備公司說醫藥費算我的，也先撥款作獎金謝謝他們照顧我。不過，我還是想知道這次到底怎麼回事。傑克你能來幫我嗎？如果麥可也同意的話，這裡的東西很好吃，你把我的靈堂撤掉後就飛過來吧。」猴子看著頻頻點頭的傑克說。

「我不同意。」不知何時，麥可來到雙胞胎身旁。

「為什麼？」猴子很驚訝，麥可竟然會不讓傑克來保護自己。

麥可用充滿權威的聲音說：「你沒事就給我回來，不，你一定要沒事回來！」

十一

一名科索沃報的記者原本約猴子到報社參訪，討論國家資訊安全，但猴子因為爆炸案而住院，就往後延了。

直到今日，終於見到那名記者。

身高超過一米九，連猴子請來的保鑣站在他身旁都顯得有點嬌小。

他英文流利無比，談起資安問題，也非常熟悉。

中間聊起，他曾經到亞洲採訪，是東京奧運。

「我們是個小國家，渴望在國際間被看見，我們的奧運選手在柔道上表現還不錯。」

猴子點頭表示理解。科索沃長期遭塞爾維亞打壓，台灣也有類似的國際處境，把奧運當國家能見度的重要場域，試圖讓人意識到這個國家的存在。

「所以，我們去採訪，而且我們的選手之前也會到日本去學習柔道，我就一起過去做專題採訪了。

「我們很小，但我們是個獨立的國家。」講到後來，那高大的身形卻熱淚盈眶，非常令人動容。

猴子跟著分享起台灣為了在國際比賽上證明自己，往往在比賽期間，舉國觀看；尤其棒球，更是所有人都望著同一個方向，為球員們加油。

兩人聊到後來，有種相見恨晚、兄弟盟邦的感覺。小小的病房裡，無視窗外的白雪遍地，兩人感到熱血沸騰。

不知為何，猴子覺得身上的疼痛，好像消除了許多。

◆

經過幾天休養，醫生終於同意猴子出院。

出院後第一個行程，就是科索沃國會大樓。

推開木門後，是個木造的大型櫃檯，一名著西裝的中年男性先以阿爾巴尼亞語詢問，看猴子一行人回答不出來，立刻改用流利的英語。一旁站立的軍人，手放在步槍上，HK G36，是北約制式武器，德國製造；腰上是SIG Sauer M17手槍，美軍制式武器。目光淩厲，盯著猴子一行人。

軍人的臂章是隻黑色老鷹張開左邊翅膀，是KSF。昨晚猴子讀資料，他們的軍隊已經加入北約，會在世界各地執行維和任務。

不過，看來首先得把自己的國家給保護好。

西裝男子拿起電話通知，一臉嚴肅的樣子，讓猴子一下子也不知道該怎麼回應。通常在等待時他一定會禮貌地和接待人員聊兩句，但此刻似乎不太適合，畢竟，這個國家正經歷一場悲劇。

左方玻璃門打開，蓄鬍的年輕男子走出來，看了猴子一眼，轉身向櫃檯內的接待人員以阿爾巴尼語溝通，兩人同時看向猴子，連軍人也握著步槍走向猴子，三人表情嚴肅無比。

接待人員從櫃檯內走了出來，盯著猴子的臉，看了一下他手上的繃帶，開口是標準的英語：「護照？」

猴子遞出，他仔細檢查，來回核對照片，態度嚴謹，一旁的軍人更是全身緊繃，感覺隨時要舉起手中步槍，氣氛一觸即發。

猴子的安全人員也十分緊張，想上前化解猴子被三人包圍的態勢。猴子舉起左手制止，現在最不需要的就是讓緊繃的氣氛加劇。

櫃檯男子以英語向猴子說：「你得把護照留在這，離開時再拿。右邊過金屬偵測門安檢，還有……」他刻意頓了一拍，望向猴子的眼神瞬間尖銳起來，猴子感到一股迫力迎來。

男子伸出右手，示意要握手，猴子雖然納悶，依然伸出右手。對方厚實的手掌握上後用力，猴子嚇了一跳，對方緊跟著激動地說：「謝謝你救了娜娜。」猴子答不出，只能微笑。

還搞不清楚那話的意思，已經走過金屬探測門，猴子回頭望，櫃檯裡所有人都看向他，同時點頭致意。

陪他走上寬大石階的年輕男子，以一口流利的英語解釋：「大家都很喜歡娜娜。」

「你說的娜娜，是那個小女孩？」

男子點點頭，繼續往上走。「她這次沒事真的太好了，謝謝你。」

猴子心裡納悶，又不知道該怎麼問，為什麼大家都認識一個在地上玩雪的小女孩？跟著一路往上走，二樓有個平台，看似用來開記者會的空間，立了一整排巨幅科索沃國旗，還有一張木質小講桌，風格嚴肅，前面貼了面國會標誌的小板。

這民主的一切，都得來不易吧。

花了好幾年的戰爭和外交斡旋，還流了一整個世代的血，猴子邊走邊想。繼續往上走，樓梯是寬厚的大理石材，一層一層，白色和灰色營造出一種聖潔感，陽光從梯間的窗戶射入，灑了滿地的光明，彷彿要驅走幾天前的陰影。

到了三樓，右側是極厚重的大門，年輕男子直接推開走入；身形高䠷的金髮女子穿了一身套裝，站在那，似乎在等著猴子。

寬敞的空間裡，四張辦公桌，桌上全是正在處理的文件，桌子後方兩男兩女看見猴子，立刻停下手邊工作，起身鼓掌，微笑致意。

猴子不知如何回應，只能點頭微笑，套裝女子以手勢示意猴子往前走向另一個房間。

女子繼續往前走，推開木門，迎面是間長形的大會議室，黑色的長會議桌，黑色皮質的椅子，安靜地像沉睡的獸在窗戶射入的陽光裡等著。

「請坐，議員馬上過來。」

女子輕快的英語讓人愉快，加上親切的笑容讓猴子稍稍不那麼拘束，否則他覺得這種官方場合總讓人感到窒息。

窗台的白雪仍未融化，但一隻小鳥降落下來，好奇的眼睛隔著玻璃和他對望。這麼冷的天氣，小鳥卻依舊充滿活力，和這個國家與人民一樣。

這位議員是前任總理，也曾到過台灣，原本的議程是猴子以業界身分討論資安領域的合作可能，但因為台灣的國際政治屬性，猴子也在某些地方有限度地協助外交事務，算是民間活動，避免被打壓。

門開，迎面走入的是斯文戴眼鏡的議員，他以聽不出口音的英語問候猴子身體狀況。猴子趕緊回沒有大礙。

議員聽了十分高興，連說了三次「太好了」。接著，客氣地問可以擁抱猴子嗎？猴子雖然感到奇怪，但他心想可能科索沃的人比較熱情，勉強張開雙臂，沒想到，對方靠近他耳朵說：「謝謝你救了娜娜！」聲音沉穩但刻意壓低音量。

猴子心裡納悶，感覺這棟大樓裡每個人都認識娜娜這小女孩，但到底為什麼呢？

高䠷女子在一旁微笑，待兩人坐定，猴子看她走近詢問要喝什麼，心裡翻起白眼。什麼時代了，可以不要再請女性泡茶端咖啡嗎？

正想拒絕，議員開口：「非常推薦喝我們的咖啡，我們同事手藝不錯喔，是吧？」

這時，猴子才看到女子身後被擋住的年輕男子，是剛才帶他上樓的那位，正帶著自信的笑容，探出臉來微笑。

猴子趕緊說好，年輕男子又再確認一次：「卡布奇諾，ＯＫ？」

議員微微一笑。「他在美國讀書的時候都在學煮咖啡，讓他秀一下。」

猴子趕緊點頭，準備開始會議。議員也收起笑容，無框眼鏡後射出凌厲目光，但嘴角又微微上揚，表現出好奇模樣，感覺不像政治人物，倒像大學教授要看學生報告。

猴子拿出筆電，開始說明。從ＩＰ位址到網路攻擊，快速往下談，直到結論處，議員表情愈來愈嚴峻，笑容逐漸消逝。

議員把手搭在桌上，形成一座小山，面色凝重。

「你知道我們的鄰國塞爾維亞對我們有敵意，一直想把我們併吞回去？」

猴子點點頭，科索沃的處境和台灣非常相像，鄰國強大，並且不懷好意。之前也讀到文章談到塞爾維亞和中國十分友好。

「塞爾維亞極為『親中』，先前就已經讓中國武警去他們國內巡邏，還讓中國在他們首都設了一千支攝影機做人臉辨識。」

「對，應該是幾年前就去了，台灣的國防研究院有篇論文談到，他們說是警務聯防。」猴子才回完，聽見敲門聲。

「請進。」議員的聲音充滿力量。

進門的是剛才的年輕人，手上托盤放著三杯咖啡，搭著臉上的落腮鬍，根本像個專業咖啡師。尤其他身上圍了件圍裙，讓猴子幾乎以為在咖啡館。

議員露出笑容。「你終於來了，趕快坐下加入我們。」

猴子再次確認托盤裡的咖啡數量，心想眼前的帥氣年輕人恐怕不容忽視。

年輕人把咖啡先遞出給猴子，接著給議員，最後才自己拉了張椅子坐下。

「嗨，剛剛沒有自我介紹，我是傑森，辦公室副主任，之前和你聯繫的是我。」

猴子點頭致意，猜測著對方年紀，雖然留了鬍子，但恐怕也不到三十歲。

「傑森的專長是網路資安，MIT Media Lab 回來的，之前也是他提出要請你們提供協助。」議員喝了口咖啡。「你也喝看看，我都笑說傑森是『東方三博士』，有三個博士學位，一個經濟、一個資工，另一個是咖啡。這豆子是他自己烘的，很不錯。」

「這是藝伎原生種，衣索比亞的，因為和巴拿馬翡翠莊園藍標同種，也有人稱作『寶貝露西』。」

「露西？」

「人類的起源。」

「喔，你說那個目前找到最早的人類祖先，在衣索比亞出土。」

「對呀，味道還可以嗎？」

「很好喝，平衡且層次分明。」

「是的，我覺得祖先和後代都是獨立個體，應當分別看待。就像台灣和科索沃這樣的國家都是獨立的一樣。否則，美國應該屬於英國的。」

「不只呢，全世界都屬於衣索比亞的才是。」哈哈哈，猴子說完，三個人都笑了。

「我國最近遭受到許多網路攻擊，檢查發現ＩＰ位址大量來自中國上海浦東。」

猴子點點頭：「61398部隊，他們和上海交通大學資訊安全工程學院在同個科學園區，張江高科技園區。」

「對，美國眾議院外交委員會聽證會也揭露過。我們一開始有些驚訝，他們過去主要攻擊對象是美國，沒想到會找上我們這樣在歐洲的小國。」

「網路無國界？」猴子微笑。

傑森也跟著笑了，議員點頭認同。

猴子接著說：「我判斷塞爾維亞在這件事有一定的角色。」

議員點頭確認猴子的判斷，接著回應：「既然你們的分析和我們國家的調查接近，我想這個情報也算證實了，麻煩你把剛剛的報告給我們一份，我要請求召開緊急國安會議。抱歉，讓你跑這一趟，因為我們擔心有資安風險，而且想和盟友面對面確認彼此的意志，網路時代更需要實體接觸，才能確保一切。害你捲進爆炸案，更是抱歉。」議員起身，伸出手向猴子，表示感謝。

「不好意思，我得先離開，之後會麻煩你們更多，謝謝。」議員停了一拍，慎重地說：「戰爭開始了！」

十二

「麥可，你進去就好。」傑克幾乎算哀求了。

而他哀求的對象，只是透過無框眼鏡的鏡片，安靜地看著他。

「麥可，這樣好不好，他的醫藥費我出，你進去看他就好。」傑克說完，扶著額頭自言自語。「我怎麼這麼倒楣，這算是職業傷害吧？我要申訴，這一定構成職場霸凌了。」

麥可依舊不發一語。

「他一定沒怎樣，住院剛好能休息，而且，拜託，他當初選擇做這行一定是想過，知道會有風險，跟投資一樣嘛，有賺有賠。而且，你看，他一定也沒有把自己當作被害人，我覺得這是專業人士的表現。大家都是專業人士，知道會有這些工作風險。」傑克拚命說明，手中的水果禮盒隨著手勢上下，高高低低的，倒像重訓用的啞鈴。

麥可沒有回答。

「好啦，麥可，人家是砸你的圖書室耶，我也是為了你的書。再說，我那是自衛行為啊，他們那麼多人……」

「你照顧書我很感激，可是你因此傷人也是事實，我不想要因為書而害人受傷，這世界已經夠多悲劇了，我傾向讓悲劇停留在書本裡，我也想知道那個律師發生什麼事。我剛也說了，你跟我進去看那個被你弄傷的人，不然你就別再跟著我，連圖書室都不歡迎你。」

「麥可，你不要這麼幼稚好不好，我不跟著你要怎麼保護你，而且圖書室不是對所有人開放嗎？我那個艾西莫夫的小說還沒看完耶……」

「不好意思，要請你們降低音量，避免影響其他病人。」護理師過來提醒，應該是傑克哀求的聲音太大了。

「抱歉，抱歉，不好意思。」麥可立刻低頭道歉，往下的視線看到護理師的白鞋是高檔的英國品牌赤足鞋，心裡微微肯定年輕護理師懂得照顧自己。

等護理師走遠，麥可輕聲對傑克說：「我找你來，有另一個目的。」

麥可的手搭在傑克肩上，傑克好奇地抬頭望著他的眼睛。

「那個陳天基說，他們那天到李律師家的時候，他已經過世了，你難道不會想知道是不是真的嗎？還有，我好奇的是為什麼警方會買單。你看，他現在還好好地在醫院，也還沒被逮捕，你不覺得奇怪嗎？你和他接觸過，我猜他見到你會有些情緒，你在場，我比較容易突破他心防，問出東西來。」

「我們叫猴子董事長的法務去打聽就好了，幹麼那麼麻煩！」

「猴子在國外，才剛遇到爆炸，我不想麻煩他，我也可以跟他說啦。科索沃現在幾點？減七小時，凌晨三點，剛好叫他起來尿尿……」麥可從褲子口袋拿出手機，就要滑開解鎖。

「好啦，不用，我都陪你來了。先說好，我進去就在旁邊看，我不說話，我是去保護你的，雖然我猜他現在應該沒有能力傷害你。」

「上道！」麥可點頭，微笑，轉身，俐落往護理站走去。

在櫃檯登記查詢後，找到病房，是單人房，麥可循著病房號碼，沿著走廊走近。

遠遠的，卻看到兩位護理師在一間病房門口來回進出，幾個穿白袍的醫護人員從麥可和傑克身旁跑過，如臨大敵，一會兒，又有一人快步推著一台推車衝進去。

麥可拉著傑克停下腳步，示意他稍等。

鄰近幾個病房的家屬也聽到騷動，紛紛來到走廊。傑克好奇，想溜過去探頭看，卻馬上被由護理站過來的護理師趕走。

幾十分鐘後，幾位護理師走出，頭髮凌亂，神情疲憊。沒有太多情緒，只有失落，垂頭喪氣。

病患急救後不治死亡。算算病房號碼，那應該是陳天基的病房。

◆

麥可和傑克走出醫院時，兩人都有說不出的低落感，雖然之前有一些糾紛，但畢竟，一條人命就在眼前消逝。

傑克一身疲憊，轉動脖子，打了個哈欠。「怎樣？我們要回圖書室嗎？」

麥可搖搖頭。「不用，我剛剛在你去上廁所的時候，叫潔米關門後來跟我們吃飯。」

傑克一聽，高興地問：「吃什麼？」

「小籠包，好嗎？你最近沒吃吧？」麥可長輩般的溫暖微笑。「你今天辛苦了。」麥可摸摸傑克的頭。

「不會啦，你比較辛苦。」傑克憨憨地笑，宛如被疼愛的孩子，滿足且驕傲。

突然，傑克臉色一變，一個跨步，隨即衝向馬路對面，速度極快，頓時汽車喇叭聲大作，咒罵聲緊跟而來。

麥可還沒反應過來，就看到傑克用擒拿術扣著一個年輕男子的手臂。男子金邊眼鏡下的臉龐，正露出痛苦難耐的表情。

是當初來砸圖書室的其中一人。

十三

那張臉龐，在金邊眼鏡下，露出期待、開心的表情。

滿座的餐廳裡，人聲鼎沸，四個人對坐著：麥可、傑克、潔米，還有那年輕人。桌上滿滿的小籠包、青菜、炒飯、烤麩……都是這餐廳的招牌菜。

傑克一臉煩躁。「為什麼我要跟他分我的小籠包啦，誰可以跟我說一下。」

麥可扶了一下眼鏡，緩緩說：「小時候我爸媽常講『不差那一雙筷子』，我們本來就要吃飯啊！」

「對呀，是麥可請吃飯，又不是你。」潔米邊綁頭髮邊說：「不過，他真的跟你一樣很喜歡小籠包耶。」

三人同時望過去，那年輕人的眼鏡滿是霧氣，正把臉湊到剛由傑克打開的蒸籠前，一臉欣喜。

傑克一手拿著蒸籠蓋，瞪著那閉眼陶醉的年輕人。「他是白痴嗎？」

「再白痴也沒你白痴！」潔米回。

「你才白痴！」

「你白吃白喝！」

「你也白吃白喝！」

「他才白吃白喝！」

「好了，不要讓小弟弟笑你們，趕快趁熱吃吧！」麥可出聲制止雙胞胎，但也知道說了沒用。這陣子相處下來，也了解這是雙胞胎自己的相處模式，哪天沒拌嘴才有問題。

不過，雙胞胎卻同時住嘴，安靜了下來。

兩人都睜大眼，看向同個方向，麥可順著他們的視線看過去。

年輕人眼裡含淚，手上筷子還夾著咬了一口的小籠包。

「也太誇張了，有那麼好吃嗎？」潔米問，傑克用手肘頂了她一下。

「小弟弟，你還好嗎？」麥可關心地看著年輕人臉上快流下的淚水。

年輕人只是點點頭。

「喂，你們有弄那個李律師嗎？」傑克發現對方正在悲傷情緒裡，是突破心防的機會。

「我不知道，我沒有去。」

「陳天基和李律師是什麼關係？」

「基哥說李律師之前有幫他處理一個案子，後來，基哥別的事就也找他幫忙。」

「等一下，你說什麼案子案子的，我聽不懂。」

「基哥找李律師處理一條傷害罪的案子，後來，好像就沒有被關，付罰金就好，就沒事了。然後，基哥覺得李律師很上道，就跟李律師說，請他幫忙別的事。」

「幫什麼忙？」

「很多事啊，反正上面交代，我們就做。」

「上面？上面是誰？」

「基哥很小心，沒有說，有時候說『那邊的』，跟我們其他人都說『上面的』。」

「那誰叫你們來圖書室的？」

「我不知道，基哥不肯說，但我覺得就是『上面的』，不然還有誰？」

「你見過一個女的嗎？滿漂亮的，和李律師一起？」

「沒有，李律師是那個……同志啊。」

「同志？你說 gay 嗎？」傑克驚訝看向麥可，麥可曾猜那假冒李律師姊姊的人是李律師女友。

「對啊，他喜歡男生。」

「小弟弟，請問一下，你叫什麼名字？」麥可口吻溫暖，像個爺爺。

「叫我阿新就好。」

「你怎麼知道李律師是gay？」潔米問。

「基哥說的，基哥說他名字有基但不是基，李律師不叫基但是基。」

「喂，阿新，你家人不會擔心你嗎？」傑克打斷在繞口令的阿新。

「關你屁事！」

「什麼！」傑克作勢要打阿新的頭，阿新往旁邊躲，潔米趕緊出手，幫忙格擋。

「你幹麼啦！」潔米勸傑克住手。

「他這種就是要打才會醒！」傑克又伸手，往阿新身上揮去。

「不要亂打人啦！」潔米怒氣也上來，起身，往傑克頭部一記直拳。

緊跟著就變成傑克和潔米互相攻擊，在餐桌上來來回回。

一旁的客人注意到這桌的騷動，紛紛轉頭，還有人拿出手機拍攝。兩人一來一往，速度極快，不明就裡的人們，恐怕還以為是餐廳請來的武藝表演。

麥可注意到服務生已經要走近，趕緊舉手，示意他來處理。

「好了喔，再鬧，我就要走了。」麥可放下筷子，不怒而威。

雙胞胎立刻住手，傑克拿起桌上衛生紙為麥可搧風要他息怒，潔米看了直翻白眼。

「傑克哥，你練的是什麼？看起來好厲害！」阿新佩服地問。

「Krav Maga，以色列近身格鬥技，還有不要叫我哥，我跟你沒關係！」

「龜馬甲噢？」

「什麼龜馬甲，要不要我把你打成龜？」傑克又舉起手來，阿新趕緊護住頭。

「好了啦！」麥可正色瞪傑克，傑克吐了下舌頭，趕緊縮手。

「阿新，你接著有什麼計畫嗎？」麥可的眼睛彎成半月形，慈祥地問。

「不知道，基哥那邊被警察抄了，可能要找地方住吧。」

「那你……」麥可還沒說，就被傑克的手勢打斷，傑克一隻手拿一枝筷子，兩隻交叉起來，成了個大叉叉。

「麥可，你不要在路上亂撿東西回家，這個人是砸你書的人喔。」傑克義憤填膺地說。

潔米也幫腔：「對呀，我們又不認識他，我難得和傑克有共識，你考慮一下。」

「我以前也不認識猴子。」麥可講得淡然。

「猴子董事長以前也不是黑道。」傑克立刻頂回去。

「我不是黑道啦，我只是來幫基哥的，我沒有前科。」阿新辯解著。

「你也沒有多乖！麥可你弄不好，會變暴力集團同夥喔。」潔米苦口婆心地說。

「對啦！要擇善固執。」傑克又誤用成語了。

「你們不要麻煩啦，我配不上你們！」阿新突然大喊。

正在爭論的三人，安靜下來，望向他。

從阿新的臉上，只看得到一種表情，那是被世界放棄的表情，彷彿雨夜裡，在車子底下瑟瑟發抖的小貓咪。

十四

科索沃首都普利斯提納的人行道十分寬敞。

猴子奮力跑著，喘出的氣，立刻成為白煙。

他很喘，但腦子因此清晰起來。沒想到，科索沃發生的事，會和台灣有關。

他邊跑邊回想著，前一天。

科索沃反網路攻擊辦公室的傑森，前一天約猴子，說有些情報分享，需要當面討論。

見面時，猴子忍不住問了傑森一個問題。

傑森圓滾滾的眼睛也露出好奇。「你想問什麼？」

「為什麼大家都認識娜娜？」

「你說那個小女孩娜娜嗎？」傑森的眼睛瞪得大大的。

猴子點點頭，不知道為什麼傑森一臉驚訝。

「啊，她是前總理的孫女啊，非常可愛，大家都很喜歡她，根本是『國家的女孩』。你救了她，大家都很感激。」

猴子恍然大悟，難怪每個人都對他特別好。

「我還有個問題。」

「你的問題真不少，請說。」傑森微笑。

「我有問題就會想知道答案嘛。請問為什麼科索沃的人英文都那麼好？」

「因為我們國家的人只要是十八歲以上，幾乎以前都算是難民。我們是二〇〇八年才獨立的，在那之前因為戰亂，許多人都曾經被迫出國，住到不同國家的難民營，像我就住過瑞士。當你在外國時，你要如何讓別人知道你的需求呢？你必須要會說英語，我們是被迫學好英語的。現在的小孩更清楚知道，要讓別人知道你是誰、你是哪個國家的人，就要會說對方聽得懂的話，你才能說明你的主張。」

傑森說完，似乎想起過往的心酸，睫毛低垂，眼眶微泛著些淚。

猴子再次被答案震撼到，原來科索沃人的英語流利，背後竟是一個痛苦的原因，當然，也想起了同樣是小國的台灣。

猴子低聲道歉：「不好意思。」

氣氛一下子變得有點凝重，傑森的大笑率先打破。「別難受，我們更好了，只會愈來愈好。」

他拍拍猴子肩膀，接著才正色，拿出資料，嚴肅地說明他們這幾天搜查網路上假帳號，好不容易查到大量金流，而且都跟台灣在網路上的幾個帳戶有關，但更進一步的資訊目前幾乎找不出蛛絲馬跡。

傑森請猴子回台灣之後協助調查，雖然很有可能只是些人頭戶，可能也無法找到背後真正的勢力，但總得試試看。猴子算是接下了這個吃力不討好的工作。

「我們要靠你幫忙了，最近鄰國的侵擾真的很嚴重。」傑森臉上滿是憂慮。

「我知道了，一起加油！」猴子拍拍對方肩膀，感覺到衣服底下是厚實的肌肉。世界是個地球村，跨過半個地球，連詐騙、假新聞、網路攻擊都國際化了。

猴子邊跑邊想，後方傳來更大的喘氣聲。是保鑣，前兩天從倫敦飛過來頂替的，大個子，重訓做很多，有氧可能少了一點，跑起來略略吃力。

經過一座圓頂建築，兩旁有高聳入天的尖塔，應該是清真寺，優美的線條，給人平靜的安心感。

草地被白雲覆蓋，一片白，遠遠的，似乎有樣東西在那片白中湧動著，不知道是什麼，一團白在白中。

猴子瞇起眼睛，仍舊看不出是什麼。他更加好奇，決定要跑過去看。

愈來愈近，那一團在動的東西，愈來愈明顯。一團在動的是前端，在白色雪地裡如此顯眼，但又無法看出是什麼。

猴子跑得愈近，益發緊張。會不會是雪怪啊？

一直在蠕動的是有毛的，圓圓的，不斷左右動的是頭部吧。仔細看，是狗，體型極大，是大型犬，正在咬的是骨頭，看牠咬得十分興奮，感覺很陶醉。

猴子想到自己剛以為是雪怪，不由得笑了出來，只因為面對陌生環境就胡思亂想，自己腦補了一堆。

猴子繼續往前跑。

該回台灣了。

◆

回台灣後，猴子立刻從機場直奔圖書室。雙人組和麥可正在看書喝咖啡，一片祥和。

猴子在門外駐足了一分鐘，欣賞著，門框彷彿成了畫框，裡頭是幅美好的畫，自己理想的典型。

推開門，走進，迎面是咖啡香和琴聲，猴子習慣性地看那擺在架上的黑膠唱片封面，理查·史特勞斯《降E大調小提琴與鋼琴奏鳴曲》，作品編號十八。

麥可微笑抬頭，輕聲說：「回來啦。」臉上的白鬍子洋溢著安心的笑意。「你都還好嗎？」

猴子知道對方關心的是爆炸後的傷勢，趕緊回：「幾乎都好了。」

「猴子董事長，你來看！」傑克得意地拉著他往深處走。

看到傑克為自己布置的類靈堂祈福桌，擺在正中央的 iPad 裡大大的笑容望著自己，好像在嘲笑他。

「傑克，我很感激你的用心，但下次你照片可以換一下嗎？」猴子忍不住抱怨，一邊拿起桌上小朋友畫的卡片，上面大大畫著棒球，還有一行字寫著：「猴子，不要出局！」

「這張照片很好看呀，感覺很開心耶，你不喜歡噢，那你要傳照片給我啊，檔案名稱注明『猴子祝福用照片』。」

「少在那邊！我問你，你們有留那個年輕人的聯絡方式嗎？」

「有啊，麥可有跟他留 LINE，我說，小心一點，他是詐騙集團耶！誰會主動跟詐騙集團要 LINE 加好友啦?!」傑克依舊得理不饒人地念著。

麥可點點頭。

「那找他過來呀！我很多事要問他！」猴子急著說。

「他從昨天就都沒有回訊息。」麥可淡淡地說，彷彿早在意料中。

「什麼！你們怎麼就這樣放過他？」猴子很不滿意，因為心裡隱約感覺這個人身上會有答案。

「我有邀他來圖書室。」麥可的語氣依舊平穩。

「邀他來圖書室有什麼用？」

「我看你來圖書室之後，就也還不錯呀。」麥可的回答，讓人摸不著邊際。

「而且，我們又不是警察，也沒有理由抓住人家啊。」潔米嘟著小嘴幫忙辯解。

猴子心裡雖然覺得扼腕，但也清楚，麥可和潔米說的是對的，沒有任何理由留住對方。自己雖然懊惱，但好像也沒道理把氣出在眼前的麥可身上。

「好了啦，來喝咖啡，慶祝你平安回來！」潔米拿了咖啡杯遞給猴子。

「今天來開派對呀，麥可，換一下電音，好不好？」傑克又開始人來瘋。

「我這裡沒有。」

麥可微微笑著，同時輕輕拍著猴子肩膀，那個安慰，似乎比什麼都大。

◆

發文的是個女檢察官。

平安無事的幾天過去，和麥可他們一起吃小籠包後便不知去向的阿新依舊沒有消息。猴子的公司則受電信警察委託，說有人信用卡被盜刷，但不知道密碼如何洩漏的，直到猴子提出近日中國有一手法，他們才恍然大悟：將基地台裝在汽車上，然後移動到鬧區中人潮眾多的地方，提供免費 Wi-Fi，而民眾只要連線上去，帳號密碼就很可能被盜。

猴子的公司想出了偵測傳遞訊號車輛的方式，因此警方請他們協助辦案。

猴子作為企業最高負責人，本來可以不用去的，但他想去，因為發來的公文上有個名字，他很感興趣：林玲玟。

猴子坐在車後座，從包包裡拿出一本書，《百年孤寂》。那時候只是想說去冷的地方應該看本感覺熱的小說，從圖書室借的。

翻到最後一頁，浮貼著一張紙，一格一格的，是借書者的名字。

最後一格是「林玲玟」。

猴子拿著書本，從外套口袋拿出公文。最後的署名，一模一樣。

會是同一個人嗎？很有可能，這本書是從麥可的圖書室借的，而因為地點的關係，同個人的機率，不小。

除了電信警察外，猴子的同事還出了三部車，以交叉定位的方式布署。目前最好的狀況是，基地台所在位置的方圓兩百公尺，但因為對方那裝假基地台的車子也會移動，甚至會關掉基地台，在不侵犯人權不任意搜索的前提下，在人群車潮中要找到那部車子真的很困難。

公司的經營團隊也不建議繼續做，因為曠日費時，公家機關給的費用也不算高。後來是猴子堅持要做下去，說服的理由是這案子未來能成為公司的成果案例，爭取外國客戶。

就單一事件是賠錢的，但長遠來看，賠的錢應該看待成投資，猴子是這樣跟董事會說的。

猴子當然得身先士卒了。

但，鬧區的意思，就是車多。知道假基地台正在這裡，但這裡有上百部車呀，怎麼知道是哪一台？

尤其可怕的是鬧區裡的立體停車場，那可是會到五百多部呢！

這一區不算猴子特別熟悉的地方，他查了查附近，有間咖啡館，幾天睡眠不足的他需要咖啡因，也想謝謝辛苦的夥伴。

最重要的訊號消失了，對方可能把基地台關掉了，今天大概也找不太到了吧。

猴子找到那網路上評價不錯的店家，沒有太誇張的裝潢，至少不是網美拍照打卡店，猴子對那種店很反彈。咖啡是拿來喝的，不是拿來拍的，把資源放在裝潢上而不是好的豆子，對猴子而言，接近詐騙。

等咖啡的時候，猴子去借了洗手間。

窄小無比，米黃色的燈光，猴子解手。

身後的廁所傳來年輕人的聲音。「喂，可以撤了，今天抓的帳號夠了，我也要回去了。記得機器要關，路上慢慢開，不要超速。」

猴子馬上降低自己動作的聲響，廁所裡的人八成沒聽到猴子進來，他趕快整理好自己的褲子。

猴子連洗手都小心翼翼，深怕被聽到。洗好手，輕輕推門，去了外頭，等待。

「先生，您八杯咖啡要再稍等一下喔。」店員看猴子一直盯著洗手間方向，以為他急著拿咖啡。

「喔，沒問題。」猴子回過神來，盤算著會不會真的這麼巧？會剛好遇上嗎？但想想也有可能，這是停車場最近的廁所，對方當然有可能上廁所，自己不也來了嗎？

廁所門開，是個年輕人，戴著現在流行的金邊復古眼鏡，往門口走來。猴子假裝從口袋拿出手機來看。

當代最不引人注意的行為，就是看手機。

「八杯咖啡好囉，小心拿喔。」咖啡店員這時候正好喊著。

傷腦筋，本來打算不管咖啡趕快跟上去的，現在要提著八杯咖啡跟嗎？但這時候拒絕店員又太怪了，反而招人側目吧。

金邊眼鏡男和猴子擦身而過，猴子只好伸手拿下櫃檯上那一大袋咖啡，口裡說著「謝謝」，還留意對方出門後的方向。

一輛黑色日系廂型車這時開到店門口對面的馬路，看來就是要接這年輕人的。整個貼黑的玻璃，讓人看不見裡頭，加上這款是近幾年幫派分子愛用、外號「黑道運兵車」，猴子心裡有個預感，八成有問題。但怎麼辦，現在叫人開車來接一定來不及，難道用跑的嗎？糟糕，怎麼辦？

猴子低頭，看到路邊那台機車。只好這樣了。

十五

還好上次因為去台南玩，有朋友推薦猴子租借共乘機車，手機裡有安裝APP，他趕緊叫出APP。從機車裡拿出安全帽，有點潔癖的他，一想到別人戴過這頂，雖然花時間，還是堅持戴上裡頭附的像浴帽的東西。幸好前面塞車，加上紅燈，那金邊眼鏡男上車後，黑色廂型車就堵在路口了。

猴子把機車牽出停車格，確認了一下掛在下方掛鈎的八杯咖啡。發動，跟上，停在黑車右後方。

一路上，猴子想藉燈光偷看車內，但那玻璃實在貼得太暗，什麼也看不到。

經過幾個塞車的路口，出了鬧區，車子上了橋，騎在機車道的猴子，一邊小心前面車況，一邊留意汽車道的黑車，深怕跟丟。

下了橋，道路沿著河邊，沒了擁擠車流，黑車車速明顯加快。猴子幾次都落後快一百公尺，以為要被甩掉了，卻在下個路口追上被紅燈擋下的黑車，不禁覺得紅綠燈真是人類偉大的發明。

黑車又走了幾個路口，猴子開始擔心共乘電動機車的電量夠不夠，還好，還有百分之五十，但不知道還得跟多遠啊。

終於，黑車打了右轉燈，緩緩靠向路邊，是超商，猴子提早減慢速度。

下車的是金邊眼鏡男。

可是，黑車接著打了左轉燈，明顯是要分道揚鑣啊，怎麼辦，要跟哪一邊呢？

猴子讓機車緩速前進，心裡不斷盤算著，要跟人還是跟車？愈靠愈近，看到黑車的側邊電動滑門慢慢關上，決定跟車。

他作勢往前看，但眼角瞄到金邊眼鏡男正站在超商前那一片亮光中，警覺地望著騎車尾隨黑車的猴子從身旁的馬路上經過。

今天第二次擦身而過。

猴子只能禱告對方不會記得自己的衣服，一邊假裝沒事地向前騎。

透過機車照後鏡，看到金邊眼鏡男仍舊站在原地，遠遠望著他。

前面的黑車加快速度，猴子迎著風只能勉強跟著，連傳訊息的機會都沒有。

車子一路開，到了城市的邊緣。沿著河岸堤防，人煙逐漸稀少，還好路上仍有些車輛，不然猴子擔心自己會被對方發現。

剛剛下決心要跟車子而不跟人，是因為在電動側門要關上前，猴子瞄到一眼：車內獨立的座椅上有台機器，還有台筆電，完全符合之前設定要找的移動基地台。

黑車尾部的紅色煞車燈亮，接著轉進一戶人家，似乎是有庭院的獨棟透天別墅。

猴子把機車停到一旁田間，熄火，避免車燈在夜裡被看見。他坐在車上傳出訊息，連同定位資訊。接著，只能等了。

風吹著，好冷，台灣的冬天夜裡也是會冷的。

突然，遠處，有道亮光，別墅的門打開，兩個穿黑衣的年輕人走了出來，速度極快，透過門內的燈光映照，還能看到兩人手拿球棒。

看他們往這個方向走來，凶神惡煞的樣子，猴子心驚，想著要發動機車逃走嗎？可是對方也有汽車會不會追上來？

怎麼辦比較好？

不管了，他拿起東西，迎向兩人，走去。

「吳柏毅，八杯咖啡。」猴子安全帽沒脫，故意把語氣裝得不耐煩。

「你有點嗎？」平頭年輕人問同伴，手臂拿著球棒故意甩動著，似乎刻意秀出滿滿的刺青。

「我沒有啊！」也是平頭，一口檳榔嘴的年輕人回。

「啊電話也不接，我等半天。」猴子故意大聲抱怨。

「幹！你是在大聲三小啦！」刺青男揚起球棒嚇唬。「好啦，老大不是說要低調！」檳榔嘴男勸著，伸手接過猴子那一大袋咖啡。

猴子心裡很緊張，但知道遇上這種人更要擺出姿態。「好啦，趕快拿去，不要再害我少接單了。」

「再囉嗦，欠打！」刺青男往前一步。

猴子也往前。「不然你是要怎樣！」心裡快速複習傑克教的Krav Maga。對方右手持械，所以要左手格擋，並且往自己的右邊轉身，大跨一步，右手快速出手攻擊對方的臉部、咽喉……還在背誦的同時，已經聽到自己的心跳聲了。

一個還可以，兩個對手的話，沒有把握。

「好了啦，不要跟他計較。走啦！」檳榔嘴男提著咖啡勸刺青男。「快點啦，這很重耶！」同時揚手示意手上八杯咖啡的重量。

猴子也知道裝模作樣要適可而止，他嘴裡碎念邊往後退，眼睛仍盯著對方。跟面對野生動物一樣，在牠的攻擊範圍內，絕對不能背對牠。

「等一下！我沒看過送外送的騎『GoShare』，這樣不划算吧？」刺青男惡狠狠地問，往猴子走近，手上球棒已經舉起。

糟糕，猴子沒想到這顯而易見的破綻，一顆心往下沉。

要死在這荒郊野外了嗎？

十六

「我……」猴子努力想著，看，一定有辦法的，一定有。

對方已經走上前來，快想。

「我……看！我車子壞了，為了你們，在路上借 GoShare，根本是賠錢送，怕外送紀錄不好，喂，你們不應該給點小費嗎？」

手拿球棒的刺青男停下腳步，似乎對這說法買單。

猴子決定得理不饒人，迎上前去，攻擊是最好的防禦。「看，我們艱苦人，沒有在怕的，只怕沒錢啦，都要被鬼牽去了，還怕流氓噢？」

刺青男正要嗆聲，提著一整袋咖啡的檳榔嘴男在後面催：「好了啦，我手痠，我要回去了喔，你要惹事你自己去！」

刺青男回頭罵一句：「幹，我自己處理就好！你走啦！」

猴子一聽，心抽了一下。看來遇到熱愛暴力的傢伙了，今晚大概無法全身而退，都怪自己太多事。

猴子目光搜尋起身旁能拿來防身的工具，只有樹葉和細細的樹枝，感覺一折就斷，不可能擋得下球棒，shit，這麼偏僻，喊再大聲也不會有人來。

「靠腰，走啦！」檳榔嘴男望著猴子後方看一眼，轉身就走。

刺青男放下球棒，轉身，跑的速度極快，一下子就追上提著咖啡的同夥。

猴子也轉頭看，終於。

夜色裡，遠遠的，紅色藍色的燈閃耀著，愈來愈近，是警車。

◆

後來，才知道電信警察擔心趕過來太慢，也怕人手不足，回報上去，上頭要求附近的轄區分局立刻支援，先出動當地的快打部隊。

算是一次不貪功、主動求援的行動，不然猴子這條命不知道還在不在，想來真值得慶幸；也是後來才曉得是那位林玲玟檢察官堅持的。她要求先趕快派人過來，而不是好整以暇地開專案會議，準備好才來動手。

不知道是什麼原因，讓她這樣判斷的？還好，後來真的找到移動的基地台，沒有讓任何人丟臉。

今天猴子來，是以專家的身分協助查案。第一次要見到書裡的人，有點期待。不，嚴格說來，是借同一本書的人。

地檢署公家機關的厚實木門上面沒有太多裝飾，走廊底是洗手間，來帶猴子的檢察事務官堅持要在洗手間門口等他上完廁所，說這裡很容易迷路的。

確實，整個建築的格局應該是大量的對稱，而且走廊是蜿蜒再蜿蜒，曲折無比，似乎想讓人無法一眼看透。

終於進了那會議室，簡單的黑色皮質沙發旁，深色的木質長桌，有種刻意追求樸實的氣氛。

「不好意思，孫先生請坐，我是林玲玟。」邊說話邊從辦公桌後起身的是檢察官，外型十分秀麗，五官立體，可稱為美女，簡單俐落的衣服線條，看得出品味佳但低調，淡妝下是一種可親近感。

「咖啡可以嗎？」檢察官輕聲問。

「可以，謝謝。」

「手沖好嗎？我有一支衣索比亞古吉產區的烏拉嘎，日曬的。」

「好，聽起來很不錯。」猴子心裡想到麥可。重視飲品的人，不至於太隨便，是嗎？

看到有人認真盯著咖啡濾杯，專注地繞圈澆熱水，猴子每次都覺得那是在施展魔法。

人的意念，當然是魔法。

「不好意思，久等了，試看看。」檢察官說話很溫柔，但看得出來那雙大眼睛圓圓的，在必要的時候，也會很清楚地看見邪惡的細節。

咖啡的風味很好，但猴子不太知道為什麼被找來，而且是以一種非正式的方式。

「謝謝你之前幫我們找到那假基地台，案子已經往下處理了。今天有另一件事，我想跟你請教。幾個月前，網路出現台灣有公安的傳聞，不曉得你知道嗎？」

猴子不太確定。

檢察官拿出一張照片，猴子一看就有印象了，是個公安在抽菸，但地點明顯是在台灣。

之前網路瘋傳好幾張類似的照片，感覺就是要擾亂民心。

「總之，檢察長之前要我調查這件事，低調不張揚，避免引起社會不必要的紛擾，所以我也沒有太多資源下去做，但我有交代刑事局那邊當作重要但不緊急事項，遇到狀況再回報給我，尤其在那一區。」

猴子點頭表示了解。

「所以，當電信警察回報刑事局請求支援，值班的人馬上通報我，因為我要求不管大小，只要發生事情就讓我知道。所以我拜託立刻支援，轄區的警力先到之外，更要重視時間，怕對方隨時會跑，他們現在移轉的速度很快。」

猴子想問「他們」是誰，但可預期的是後面應該會提及。

「之前我和國安單位開會的時候，他們提到貴公司參與涉外的資安諮詢，沒想到這麼巧，又在這案子看到你的名字，所以我就想請教你。接著談的務必請你保密，不好意思。」

檢察官停了下來，似乎要取得猴子的口頭答應，感受到對方的嚴謹。

猴子點頭。

但檢察官沒說話，大大的圓眼睛依舊望著他。

啊，她要一個明確的回答嗎？猴子趕緊補上：「好的，我會保密。」

接著，檢察官拿出一張Ａ４紙，遞給他。猴子仔細地讀，是保密切結書，平常猴子要簽任何東西一定先拿給法務看過，不過今天似乎可以不用。

畢竟，是借了同一本書的人。

猴子拿出隨身帶的鋼筆，糗的是，一轉開筆蓋，發現又漏墨了。整隻手掌滿是墨水，藍黑色。他趕緊跟檢察官要衛生紙，手忙腳亂地擦了手指和筆身，終於把名字簽好。

等到一切搞定，檢察官才滿意地打開一份卷宗，她翻到後面，出現一張照片，推向猴子。

那是張公安警局的照片，從牆上的標語、文字，看得出是北京市海淀區的公安。

猴子瞧了瞧，不懂要看什麼。

「這是那天你帶我們衝進去的那棟房子，裡面的一個房間。」檢察官淡淡地說。

「啊？這也太奇怪了吧！台灣怎麼會有公安警局？」猴子驚訝地問。

「我們現在也沒有頭緒。你有什麼想法？」

猴子想了一下，回答：「是詐騙吧？」

「我也這樣想，問題是，要詐騙誰？」

「騙台灣人他們是公安，但這除非對方有在中國設籍或者工作往來，不然這要幹麼？實在太奇怪了。」

猴子突然想起雪地裡的科索沃。

「對了，我之前去科索沃，聽他們說過，親中的塞爾維亞讓中國武警去他們國家巡邏，說是警務聯防，不知道跟這有沒有關係？」

林檢察官陷入長考，流瀉的長髮反射著亮光。

「我們現在人力不足，光是詐騙案就都弄不完了，這個假公安警局，一時之間也不知道要怎麼往下查。」

「你抓到的人怎麼說？」

「他們都說不知道，還有一個說，他們不被允許到那一個樓層去。」

「你相信他們？」

「我當然不相信詐騙集團成員。不過他們說，那個樓層，只有像『基哥』和一個叫『阿新』的幾個人能去。」

「阿新？」

十七

舊金山市的街頭。一個人緩緩從人行道地面試著爬起，但姿勢十分古怪，彷彿喪屍，手腳動作極度不協調，身體向前彎折，緩慢地在街上移動。

陽光燦爛，但這人的軀體，宛如在地獄中掙扎。

在芬太尼濫用的地獄裡，無法逃脫。

就在不遠處的地上，還有數具軀體，不自然地彎折，靠著牆半躺，頭反覆點著。

令人不舒服的景象。

使用芬太尼過量，最後將失去對身體的控制，宛如被困在身體裡面。長期處於「芬太尼彎折」狀態，對脊椎、頸部、背部肌肉會造成嚴重傷害，而且藥效退去後又疼痛無比，得再想辦法取得芬太尼。

如今看來悲慘無比的他們，原本是一般人，老師、手術後患者、上班族、家庭主婦，美國尋常的中產階級，只因為肌肉疼痛、頭痛，聽信了藥廠宣稱沒有成癮性而使用止痛藥芬太尼，沒想到原本想要止痛好維持日常工作生活，卻失去了日常。

城市裡，四處傳來救護車的聲音，醫療人員大多過勞，因為街上到處東倒西歪躺著這樣的人。

為了購買毒品，只好偷竊、搶奪，犯下自己從未想過的罪行。

市長一度想出要在市中心廣設芬太尼注射站，讓犯癮頭的人免費注射，好降低治安問題。看似荒謬，卻是市政顧問計算各項社會成本後，權衡出不得不然的措施。

當世界已經荒謬，合理的算計，都可能趨近荒謬。

陽光燦爛，但此地，彷若地獄。

◆

圖書室洋溢著奇妙的歡樂氣氛。

傑克在每個書架上擺了小聖誕樹，潔米忙著在樹上裝飾，擺上小小的雪花，亮亮的燈泡。

麥可則把音樂換成柏林愛樂的聖誕新年假期組曲。

整個圖書室成了聖誕樂園，因為今天有客人來。

門被推開。「好大噢！」「好多書喔！」小朋友的讚嘆聲傳來，穿著皮圍裙的麥可抬起頭，笑咪咪地望著這群小貴客。

帶隊的老師遠遠地便朝麥可點頭致意，麥可伸出雙臂示意盡情參觀。老師看來大約六十出頭歲，充滿活力的樣子。

「好的，各位小朋友，像我們之前說的，每個人都可以借書，這裡從三歲到九十三歲都有書看喔。」老師溫柔地說：「但我們也要尊重書，它們都是一群人努力的精神結晶，所以，不可以怎樣？」

「不可以吵鬧！」小朋友異口同聲地回答，揚起的聲音搭配他們挺起的胸膛，讓圖書室多了一份可愛。

「老師，老師，我有問題。」一個看來外向活潑的男孩舉手。

「你說。」

「老師你以前真的在這裡工作嗎？」

「不是，我是在旁邊那一棟裡工作。只是我心情不好或者有事情想不出來，就會來這裡，你們也可以喔。」

男孩點點頭，對答案滿意的模樣，讓人對似乎帶點早熟的倔強感到好奇。

「老師，心情不好，看書有用嗎？」

「心情不好可能是因為我們碰到糟糕的事，也可能因為世界不會永遠美麗，看書也算是一種健康的逃避現實啊。逃避雖然可恥但有用，哈哈哈！好了，大家去找書吧！」

傑克在一旁聽了，用手肘碰碰潔米。「喂，這個老師講這樣是可以的嗎？」一旁的麥可聽到，冷冷地回：「她看過世界很醜的一面哦。」

傑克好奇地看向麥可，但好奇的，不只是老師的來歷，還有她和麥可的關係。

「以前地檢署的大案子都是她辦的，一些幫派組織犯罪的都很怕她。」

「那現在怎麼……」傑克望著陪著小女孩走到繪本區的老師，和藹可親，臉上是溫柔的笑容。

「她說教育才能預防犯罪，所以成立協會陪伴弱勢孩子，說比辦案還累，但快樂許多。」

「這麼偉大？算是聖母了吧？」

「你講話小心一點，凱洛常說她那是人性，不是母性，說她自己毫無母性可言。」麥可邊說邊挑眉，示意留心。

「你叫她凱洛噢？」傑克看老師走過來，趕緊把話從嘴邊收回，露出一嘴白牙微笑。

「我禮物都準備好了，等一下，你跟我說，我再拿出來。來，喝點茶。」麥可見到她，露出非常開心的樣子，感覺嘴笑眼笑，臉上每個細胞都在歡呼。

老師坐下後，望著雙胞胎，微微點頭致意。

「這位是凱洛老師，這兩位是傑克和潔米。」

凱洛淺淺一笑，但不怒而威，雙胞胎也收斂起平常的放肆。

麥可倒了一杯剛泡好的烏龍茶，說明雙胞胎在這圖書室的緣由。老師持續點頭表示了解，但眼睛似乎射出凌厲的目光，尤其聽到黑道闖入圖書室，簡直要噴出火光來，但低頭喝了口茶後，再抬起頭來，又恢復慈祥面目。

話題自然帶到猴子，老師關心起猴子近況。

「猴子都還好，只是你也知道，就是隻猴子，跟當初你帶他來那時一樣，喜歡管別人家閒事。他現在更有能力了，管得更寬了。」

「我那時候在偵查庭看到他，就覺得他和其他小孩不一樣，他不是沒有想，是想太多。替別人想太多，正義感十足，才會惹禍上身。還好，後來你願意幫忙顧他，不然也是會出事情。」

「他自己聰明，也靜得下來，知道從書裡找答案啦，我沒幫什麼忙，他還比較照顧我。你看，找這兩個來陪我。」麥可說完，端起自己眼前的茶杯。

「看他們兩個，讓我想到以前那個猴子和小露西……」

「小露西？」潔米好奇這個名字。

「以前跟猴子很要好的女生，很聰明，她出國很多年了。」凱洛的神情似乎很懷念過往。

「凱洛阿姨，那個猴子董事長犯了什麼案子啊？」傑克好奇追問。

「他沒跟你們說過喔？不是他有案子，是他協助破獲北台灣最大毒品案。那時候他同學意外撞見毒品交易，被滅口，死在廁所，很可憐。警方也沒有太多線索，後來是他私下調查才破案，那時證人保護機制也不完整，他又未成年，我跟法官討論好久，擔心在山上和阿媽相依為命的他會出什麼事情，才幫他找學校，找能夠託付的大人。」凱洛老師看向麥可，一臉深情。麥可裝作事不關己，看著遠方的孩子微笑。

「所以是麥可養大猴子董事長的？」傑克問。

「誰要養猴子啊?猴子自己會長大，那是野生動物的本能。倒是你們不是要抽禮物?時間差不多了吧。」麥可急於結束讓他不好意思的話題，催促雙胞胎。

「好喔，我最喜歡送禮物了，我是人類最好的禮物。」傑克振臂大喊，起身往聖誕樹去。

「你才不是！」潔米吐嘈他，動手敲他頭。

「我是！」傑克閃過頭部攻擊，順勢側踢。

潔米閃身，一記迴旋踢，掃過傑克肩膀。

傑克縮肩，手臂往後伸，下腰，連續後翻，在狹小的圖書室裡，孩子們驚訝地看得崇拜極了，立刻衝向他們，圍成一圈。

凱洛和麥可看著兩個孫子輩的年輕人，彼此微微一笑，對望。

「你呢?最近都好嗎?」

「很好，來，聖誕快樂！」麥可從櫃檯下方拿出準備已久的禮物，紅色的包裝紙裡頭，是書。

「哇，謝謝，可以請問是什麼書嗎?」凱洛露出甜美的笑容。

遠處傳來孩子得到禮物開心的尖叫聲，於是，只看到麥可的嘴唇動呀動，卻聽不清他的答案。

「抱歉，你剛說什麼？」

麥可的嘴脣再度開闔，但話語依舊淹沒在孩子的笑聲中。

凱洛認真看麥可的嘴型，眉毛因為用力而靠近，好奇的神情宛如少女一般。

「什麼啦？」凱洛嬌羞地問。

麥可笑而不答。

突然一陣騷動，兩人轉頭看去，許多小孩湧向門口。

門口有三個男子走入，其中一人穿著防彈背心。是警察。

但另兩個便衣看起來比較不好惹，尤其年長的那位，眼睛透出精光，彷彿能透視人心。

年輕的，首先發話：「請協助命案偵查。」

麥可迎上前去，大概是對那隨身碟在意吧，但印象中猴子已經處理了不是嗎？他開口問：「是李律師的案子嗎？」

「不是，是陳天基先生。」

麥可納悶。陳天基，基哥？

「我們是刑事大隊，要麻煩 Jack Livingston 先生協助。」

「為什麼要找他？」

「法醫報告出來，陳天基先生是因為血栓過世，有人提出Jack Livingston在之前涉入和陳天基先生的鬥毆，可能涉嫌殺人罪，要請他協助我們釐清，麻煩配合一下。」

殺人罪？麥可心頭一驚，勉強維持表情冷靜，同時也看向凱洛。

凱洛點點頭，手微微指向自己，示意她來處理。「辛苦了，警官您好，我是這個圖書室的法律顧問胡律師，請問我們如何協助？」

麥可眼角微微往遠處角落，小心翼翼地窺看，想確認傑克的反應。

沒想到，年紀較大的警察似乎一直在觀察麥可，立刻一個箭步衝向後方角落去。

沒想到，只有一群孩子仰望著他，臉上滿是好奇。

傑克早就不知去向。

「Surprise！」傳來一陣女聲。

一身大紅色聖誕老人裝扮的潔米，從書架後走出，「誰要先抽獎啊！」她臉上依舊嚴肅不苟言笑，捧著一個大禮物袋，迎向老刑警。

十八

一部電影都看不完，飛機準備要降落了。

精緻小巧的機場，排隊十幾分鐘後就能出關，旅客多數來自韓國和台灣。

這裡是熊本機場。

傑克消失已經大半個月了，猴子依照公司法務建議，暫時沒有跟他聯絡。警方也大致清楚狀況，知道這算是自我防衛，在面對眾多幫派分子的攻擊下，不得不然。

猴子不擔心傑克，曾在戰場生存下來，加上童年的遭遇，傑克的人格特質和精神強韌度都超乎尋常，何況還有後天的專業訓練。該擔心的反而是要抓傑克的人。

不過，公司的法務分析目前狀況應該不用過度擔心，警方的偵辦態度未必那麼積極。畢竟，死的是刀口舔血的黑道，警察有很多更重要的事要做。

傑克有他國護照，恐怕早就離開台灣了。

麥可有潔米陪著，應該也沒問題；基哥都走了，事件算告一段落，剩下的只是些小嘍囉要面對司法。

猴子盤算了一圈，才放心地休假。

不，其實還有一個謎——上回追車跟的那棟別墅裡，只有基哥、阿新獲准進出的房間，為什麼會布置成公安機關？

但沒有受害者報案，恐怕只是個奇怪的茶餘飯後閒聊話題了。

事後證明，這些看似休止符，都只是猴子的想像而已，事件還在路上。

那首歌是怎麼唱的？「Something in the way, uh uh uh, something in the way……」

幾天前，林檢察官清查，發現猴子那時跟蹤的金邊眼鏡男、外號「阿新」的盧履新已經出境，前往熊本。礙於資源，調查停滯。但奇怪的是，在過去幾個月，這個人頻頻進出了四次之多，猴子感到好奇，但檢察官說只能暫時擺著，尋求日方提供司法協助。

猴子記得，林檢察官送他出辦公室時，表情凝重，語氣幽幽地說：「那從來不是容易的事。」

那個欲言又止的惆悵，好像是組織裡工作者的典型，只差沒說出「沒有辦法」了。

站在行李輸送帶前，猴子忖度著。他眼前有個徵人廣告，從漢字判斷，似乎是半導體產業。他看了看手錶，下午兩點半起飛，現在已經六點，不對，一小時的時差，現在台灣時間大約是傍晚五點。

到熊本市區的巴士可以上車後刷信用卡，上了車後，猴子看向窗外景色想著，這麼方便，簡直跟從台北到高雄花的時間差不多，但卻是出國。這個移動時間，若在台灣可能還有許多偏遠山區都到不了呢。人類真是奇特的生物。

所以，那年輕人才會那麼頻繁地往來兩地嗎？免簽加上移動時間短，還有國家法律不同。

到了通筋町，猴子趕緊下車，從巴士下方提出行李箱，站起身，發現自己站在當地最大的百貨公司前面。往街道遠處看去，不禁讚嘆，夜裡燈光打亮的熊本城，幕府時代的建築，秀麗壯闊，搭配眼前現代繁華街景，彷彿明信片一般。

新舊時代美學交融，真的很吸引人。什麼時候台灣也能這樣呢？

出發前沒跟林檢察官特別說休假要來熊本，反正他們判斷找到人的機會微乎其微，自己只是當作小休假，沒來過熊本，乾脆來走一走。

信步走到一旁的下通商店街，沒兩分鐘就瞄到間拉麵店，店名是「黑亭拉麵」。門口竟沒有人排隊，看來此刻不是當地的旅遊旺季。

寒冷的冬季，接近零度，但又不到下雪。少了人潮，對只想因為案子停滯而休息的猴子而言，倒也不是壞事。在店門口點完餐，就座，店裡幾乎八成滿，都是當地人的樣子。

麵端上來，氣溫低，讓桌上這碗帶些黑色的拉麵湯頭顯得更加誘人，他想起伊丹十三導演的電影《蒲公英》，裡面有段拍得像教學影片的段落，首先喝口湯。不對，是先真心誠意地跟眼前的拉麵道謝，接著喝湯。然後夾一些麵條到口中，之後才以一種崇敬的神聖態度嘗一口叉燒。

猴子照著印象中的順序做，說不定完全弄錯了也不一定，但那儀式感確實令人感到幸福許多。

為什麼會這樣呢？光是認真對待就能帶來幸福感，而幸福也許就真的只是種感覺而已。

最能提供幸福感的專家，應該是詐騙集團吧——他們讓人認同自己，也認同自己有機會成為有錢人。

伊丹十三是小說家大江健三郎的好友，兩人交情匪淺，伊丹十三的妹妹後來嫁給大江健三郎。大江健三郎的小說討論許多「孩子」的概念，對於自己心中的孩子、自己後來所生有腦部疾患的孩子，都是自我認同的對話，並因此拿到諾貝爾獎。

而他最常對話的友人伊丹十三，總是創作幽默風趣的作品，對話底層，嘲笑權貴，最後竟被黑道逼死，實在太令人生氣了。

猴子就這樣想著這些，伴著拉麵吃了。

吃完拉麵，他一時興起，雖是日文盲，但想在日本買本大江健三郎的小說留念。手機一查，竟然在兩百公尺外、走路三分鐘左右的地方就有蔦屋書店，實在開心。聽到鄰桌兩個辛苦的中年上班族說要再來一瓶啤酒，想著愛書的自己此刻跟需要藉由酒精療癒的他們一樣幸福，起身穿上外套。

兩人醉眼迷濛地朝猴子望一眼，又繼續乾杯，是愉快的下班紓壓時光。

聽說不少男性上班族最期待的職場生活，就是下班喝酒，退休後竟悵然若失呢。

猴子走出拉麵店，沿著人行道，走進蔦屋書店，穿過雜誌區，終於到了小說區，迎面是芥川獎和直木獎專區，除了近年得獎作品外，也陳列今年的入圍小說。看看時間，再幾天就要公布得獎作品了，書店布置這樣的專區，正好炒熱話題，刺激買氣，果然是重視大眾行銷的書店呀。

突然在一個角落看到一疊報紙，應該是供人免費拿取的，大大的標題寫著「FORMOSA 熊本」，仔細看，整份報紙還印著繁體中文，內容介紹熊本市的衣食住行娛樂。為什麼呢？

翻開內頁，答案揭曉。幾個當地政商聞人寫著歡迎半導體企業進駐，原來台灣已經有一千五百多名員工在此生活工作，這也代表有一千個家庭遷來，難怪連學校對外國學生的輔導協助都有介紹。原來人類活動會有這麼多種類型的影響層面。

走出書店，是晚上九點多，寬廣的下通，兩側由各種餐廳商家圍成，彷彿是個不夜城，十分繁華。想隨意走走的猴子，看著眼前成群結隊的上班族，突然有種異樣感，一開始說不上來，後來終於意識到，這些穿著西裝的男性「上班族」，許多都燙著玉米鬚的黑人頭，臉上帶著一種奇怪態度，似乎不太放鬆。像什麼呢？猴子總覺得在哪見過，終於想出來了——

就像明星在晚上戴墨鏡，看似遮掩，實則期待被認出，那種「你怎麼不認識我」的奇妙神情。

可是，怎麼會出現幾十甚至上百個自認是明星的人呢？猴子困惑不解。

他們的西裝，幾乎都是深黑色，幾個人腋下夾著皮質手拿包。這在過往是些做生意的大哥，左手拿黑色巨大的電話黑金剛，右邊腋下夾著的那種包，感覺裡頭放了幾十萬，而那年代已十分久遠。為什麼眼前的上班族會有這番打扮呢？猴子看得饒有興味，很想解開這個謎。

又走了一個街區，隨著時間愈晚，路上更多這番打扮的男性上班族，而一旁也有精心打理頭髮、衣著稍華麗的年輕女子佇立，似乎剛從餐廳走出，意猶未盡地站在路旁聊天。餐廳跑馬燈寫著「放題、成年」等等字樣。

猴子發現一件事，男性幾乎都沒有提公事包，難怪剛才一直覺得突兀。但這是為什麼呢？難道日本上班族如同以前台灣曾經推廣一小段時間的「小學生不帶課本回家」一樣嗎？不，那是不帶課本，不是不帶公事包。

不帶公事包，應該有其他理由，譬如說，根本就沒有公事包呢？

也許前提假設錯誤。沒有人說他們是上班族呀，他們只是一群穿西裝的人。

在商店街動感的音樂裡，猴子享受著自己的胡思亂想。也許他們是西裝同好會的成員，或者是洋服裁縫學校的成果發表會。不過，實在太多人了，沿著路走，整個街廓都是，這應該上千人了吧。

難道是種 cosplay？

否則怎麼解釋那種裝模作樣的神情和姿態呢？

我，不是我正在扮演的那個人。

彷彿散發著這訊息，強烈得一如此刻音樂的重音節拍，清晰且明確。

要是詐騙集團也能這樣就好了，讓人清楚辨識他不是他聲稱的那人。

不，也許問題出在對象身上。人們拚命想相信自己想看到的。相信自己毫不費力的投資會有十倍、百倍、千萬倍的獲利，就像猴子剛才拚命說服自己對方是上班族一樣。

遠處傳來群眾的高聲呼喊，夾雜著笑鬧聲，猴子望過去，是另一群著深色西裝的男子。街上，霓紅燈閃爍著，透出了喧鬧夜色，猴子的心卻在這邊騷動中平靜下來。

猴子把眼前景象平面化，當成一幅畫來看，突然明白了。他打開手機，點了行事曆，確認。

果然是。

只因為自己一個外來者，第一次見到。其實之前不也在小說、戲劇中看過嗎？只是他們沒有演出後來發生什麼事而已。

是成年禮。

日曆寫著今天是日本的成年節。因此才有那麼多年輕人參加，他們穿上象徵大人的西裝，走在街上，想展露出大人風采，還不是大人的他們因而有那種期待人們看見的神情：你們看，我是大人了。

成為大人後的第一件事，不就是喝酒嗎？因此，滿街都是第一次合法喝酒後享受成人喜悅的人們。他們興奮投入這第一次扮演的角色，用他們想像的大人模樣。

確實也算是種 cosplay。

猴子想著最近似乎在哪裡也看過類似的事。也許不是相同模樣，但有近似的東西，卻怎麼也想不起來，在頭的後方，有白色模糊一團。是什麼事？

走回飯店的路上，他安慰自己，一天解開一個謎，就夠好了，就很好了。

麥可怎麼說的？

「人生是個謎，所以上帝發明書，讓人躲進去。」

十九

地震時，猴子在企鵝的店。

原本沒有要去逛的，也不知道這裡有。但想說這種藥妝店平常不會去，難得休假逛一逛，了解現在流行些什麼，說不定能買到給麥可的東西。

猴子在那家企鵝的藥妝店逛到三樓，看著一堆酷洛米周邊商品時，突然聽到自己喊「地震了」。

但他沒喊呀。

他發現是自己的褲子在喊「地震了」。

一瞬間，他想到的是小時候電視上的台灣民間故事，碗會說話，通常是有什麼冤情。

那麼，褲子它有什麼冤情呢？猴子想著，這褲子很寬大，版型叫「富士」，說是模仿富士山的造型。那富士你有什麼冤情呢？

彷彿要回應猴子一般，褲子又說話了：「地震了！」

猴子望著說話的褲子，在企鵝的店。

當下不知所措的他，立刻運用正念訓練，用客觀抽離的方式，描述自身遭遇的狀況：猴子望著說話的褲子，在企鵝的店。

這也太怪了。

直到聽到旁邊的人褲子也在說話，猴子才放下心來。

不，哪會啊，是看到別人把手機拿在手上，才意識到是地震警報。

可是，這裡是日本耶，警報喊的是華語呢。

過了好一陣子，才開始搖晃，猴子心想，反正在三樓，來不及跑到一樓，趕緊看頭上有沒有會掉落的重物就好，畢竟，慌張亂跑，才容易受傷。

同個走道裡，那個穿紅色長大衣的高䠷女子應該也是相同考慮，待在原地不動。剛才另一聲「地震了！」就是從她身上傳出的。

看著女子秀麗白皙的臉龐，猴子猜測著對方也是台灣人，因為警報聲是華語。

不對，也可能是中國人呀。搖晃中，猴子想著，不自覺地將目光停留在對方碩大的眼睛和高大優雅的鼻梁，是個美麗且氣質極佳的女子啊。

女子察覺了猴子的目光，抬頭望來，禮貌地微笑點頭，地震搖晃中，猴子覺得對方似曾相識。地震搖晃中，猴子一邊伸手扶向貨架，一邊心想著自己難不成是「暈船」了嗎？怎麼會覺得偶然見到的陌生人似曾相識，這就是一見鍾情嗎？

「好搖喔。」女子的嗓音有成熟的知性，充滿了魅力，而且，聽說話的方式，應該是台灣人。

「對呀。」猴子儘量回答得像個紳士，像麥可一樣。

搖晃慢慢減緩，女子又說：「你從台灣來的嗎？」

「對呀。」猴子開始擔心，對方會不會以為自己只會說「對呀」。

「雖然我們是台灣人，不過遇到地震，還是會怕。」女子的聲音帶著奇特的魅力，讓人想多聽下去。

「對呀。」猴子說完就後悔了，快點，快點擠出點什麼，不然地震停，對方也要走了。

「要不要去喝點什麼？」猴子儘量讓自己的聲音聽起來很無害。希望。

糟糕，不妙，女子瞪大原本就極大的眼睛，似乎十分驚訝。

「好呀。」

聲音停下的一刻，地震停了。

二十

和女子聊得很開心，猴子的心跳得很快。很久沒有這樣了。雖然努力叫自己冷靜，但實在太困難，心要跳，你無法叫它不跳，更何況不跳就死了。

他們走過夜裡的下通，滿滿全是飲酒作樂的地方，但猴子覺得不適合。他拿出手機，找了個咖啡館，據說村上春樹也去過，有好的咖啡，有好的爵士樂。查了地圖，交通也方便，搭路面電車就可以，通筋町前就有一站。

兩人沿著下通往前走，猴子的眼睛一刻都沒有離開這女子，深怕在茫茫人海中失去她的蹤影。

猴子心裡七上八下的，簡直就像十幾歲第一次談戀愛，興奮得不得了。終於找到一直在尋覓的對象。

多希望此刻麥可也在這啊。窗外正好有個角度可以看到夜裡的熊本城，路旁有觀光客正朝猴子的方向拍，應該是想同時拍下這部有歷史風味的懷舊電車和熊本城吧。猴子看了，也拿出手機，拍了張照片傳給麥可。

下車的地方就在咖啡館對面，充滿古意的建築，木質窗框十分典雅。沿著木梯，女子紅色的高跟鞋就在猴子面前一階一階地往上爬，傳出了叩叩聲，在這個似乎凍結了時間的空間中傳來迴聲。多希望麥可也在這呀。現在台灣幾點呢，慢日本一小時，應該還沒睡吧？

猴子拿出手機確認訊息，麥可還沒看他傳的照片。

推開木門，宛如推開時光大門，兩人走入昭和時代。木造的地板，入門後的第一根柱子上，簡單的一小張白紙上有著目前全球最知名的日本小說家簽名，「村上春樹」。

兩人在老闆娘帶位下就座，是鋼琴旁的位置，隔著窗戶看得到外面傳統電車的軌道。

讀了讀菜單，猴子點了店內的咖啡特調，起身到木造櫃檯為女子點了杯熱水果茶。看到一旁有掛耳包，就也拿了十包，付款後回座位。

「來，這給你，你五包，我五包，你看，有夏目漱石喔。」猴子遞出掛耳包給女子。

「哇，謝謝，旅行有掛耳包很方便。你喜歡文學喔？熊本除了夏目漱石外，還有一位小泉八雲，他是日本怪談的始祖，故居也在熊本，很漂亮喔，很值得去。」女子拿出手機遞給猴子看，傳統日式的建築，古色古香，非常美麗。

「好美，我明天也要去。」

「你一定要去，離這裡不遠。」

雖然嘴裡答應了，但猴子心想著，小泉八雲？為什麼特別提這個人？

「所以，你很喜歡日本？」猴子開啟對台灣人最無害的話題。這應該是化解雙方心防的理想開場吧，猴子腦中快速複習上過的溝通課。

「我是因為喜歡台灣，才喜歡日本的。」

「啊？怎麼說？」猴子有點好奇地問。

「因為台灣人很愛聊到日本玩，所以我才想說也來日本看看。」

女子的聲音，如夜色，深不可測，誘人靠近。

猴子身後，老闆娘端著托盤過來，用不流利但誠懇的英文介紹。

猴子邊聽邊注意到牆邊的書架，擺放整齊的全是日本小說家作品，唯獨沒看到村上春樹的作品，不知道簽名時的他心裡怎麼想。

大腿一陣震動，猴子致歉後，拿出手機看。確認了，跟他想的一樣。

「忘了自我介紹，我叫孫孟奇。」猴子說完，伸出手越過桌子和對方握手。

「你好。」

「你好，我叫呂欣如。」女子伸出手，禮貌地回握。

猴子聽到，心中一陣悸動。

「所以，你做女生多久了？」猴子決定直接問，女子臉上的白皙，瞬間如雪。

「啊？你知道？」女子吃驚。

「嗯，麥可跟我說的。」

女子猶疑了一下。「那也好，你知道多少？」

「不多，應該說都是猜的。最早麥可說有個穿紅色高跟鞋的女士，自稱是李律師的姊姊去還書，但之後發現警方根本聯絡不上李律師的家人。後來，那神祕女子也就消失了。接著，聽說李律師喜歡的是同性，麥可就猜那神祕女子身材高䠷，也許是男扮女裝。剛剛我握你的手，大小也跟我差不多。麥可說變性手術可以改變許多身體特徵，但手掌無法改變大小，叫我握手確認。我剛剛傳照片給他確認你的長相。」猴子一股腦講完，最後停下。

他特別望著女子的眼睛，緩緩地說，要深刻轉達麥可說的話。「他要我跟你說，『你辛苦了』。」

女子微微顫抖，並沒有立刻回應，似乎在整理情緒，再開口時帶點鼻音。

「麥可真的是溫暖的長輩。」

「那，李律師是怎麼了？」

女子淚眼汪汪，遲疑了一會兒。「我不確定，他可能是被基哥害死的。」

「基哥？是那個黑道基哥嗎？」

女子點點頭。「我們本來設定做到今年，就收手去泰國退休。後來說歐洲有一筆大的資金需求，逼我們交錢出來，打亂了我們的計畫。」

「歐洲？誰逼你們？你們是你和李律師？」

「你不是也參與了，幹麼裝傻？」女子的聲音突然不再溫柔。

「我？我參與什麼？」

「你不是去科索沃？」

「等一下，你們和科索沃有什麼關係？」猴子感到混亂，想了一下。「等一下，我知道了。那我重新再問一次。」猴子停頓了一拍。「你，是台灣人嗎？」

猴子直視對方的眼睛問。

二十一

「我是台灣人嗎？那要問台灣人有把我當台灣人嗎？」

猴子大眼盯著對方。「什麼意思？」

「我爸是台商，我六歲的時候回台灣讀小學，全班同學都因為我的口音嘲笑我，說什麼中國人滾回去。我那時想，中國人不把我當中國人，台灣人不把我當台灣人。」

猴子點點頭。

「後來有一次我回廣東去看我爸，國台辦的人找我，給我錢，我也那時才知道我爸根本沒他說的風光，沒賺錢就算了，工廠也關不掉，說工廠關了他也得進去關。男人只剩一張嘴，那張嘴還叫我要當男人，看！他們叫我回台灣做偏門的，錢給我賺，還給我們上課訓練，只要彙報成果就好。」

猴子點頭。「他們是不是叫你們金流轉虛擬貨幣，往歐洲去買假帳號？」

「一開始沒有，後來說中國經濟不好，不給我們錢就算了，還要我們把錢轉過去，先是羅馬尼亞……」女子停下喝了口茶。

「我猜是羅馬尼亞選舉，聽說有個候選人靠買抖音帳號，選出國會第一高票，後來被法院宣布選舉無效。」猴子接著說。

呂欣如雙手環握茶杯。「那個人四個月前還沒沒無名，全國沒有人認識他，就是靠我們的錢買的。那些帳號有些是住莫斯科近郊的摩爾多瓦人，結果就可以大幅操弄羅馬尼亞選舉。科索沃的狀況也是一樣，塞爾維亞想併吞他們，但因為聯合國的壓力，所以也想要操弄科索沃國內的選舉，找上中國，又變成我們的事。那你說什麼國家認同真的有意義嗎？而且，中國內地上頭的，不給錢，要求還愈來愈多，我就跟李律說該撤了。」

「你們就撤了？」

「沒有，他們怎麼可能放過我們！他們說我們要是不幹了，就跟台灣政府舉報我們，我才想到香港。」

「香港？」

「我問你，什麼人最容易遭到詐騙？」

猴子想了想，回答：「貪心的人？」

「你那是警政署的官方說法，從我的角度看，是**像我這樣的人**。」

「你這樣的人？」

「對，我自己分析自己，為什麼我會被詐騙？」

「你也被詐騙？」

「我被中國政府吸收，當然是被詐騙。那些捐錢買選舉小物以為在支持政治理念的人，當然也是被詐騙啊。中國政府就是最大的詐騙集團。」

「我懂你的意思了。」

「像我這樣自我認同有狀況，不清楚自己是男人還是女人，不知道自己是台灣人還是中國人，最容易在壓力下被操弄，所以我才想到香港。」

猴子點點頭，順著對方往下講：「現在的香港人經歷了反送中抓人判刑等，見證了一連串的恐怖事件，確實會有自我認同問題，而且你待過廣東，會說廣東話。」

「沒有！我才不跟香港人說廣東話，這樣不就把主場給了他們？我當然是說字正腔圓的普通話，而且要嚇他們說『我是北京市海淀區的公安，你們的帳戶涉入詐騙不法，請協助調查』。」女子在最後幾句轉成中國的普通話腔調，捲舌音明顯極了。

「你的意思是，你們騙香港人，好賺錢去幫中國做大外宣、做假帳號、操弄選舉？」

女子微微點頭。

猴子想到那個裝潢成中國公安機關的房間，原來是拿來騙香港人的。

想起來了，自己那天見到那群成年禮的年輕人，打扮成上班族，流露出那種「你怎麼不看我」的氣息，跟那個公安警局一樣，都是用一些符號、裝飾，好強烈暗示身分，都是在創造一種身分象徵。但也是一種欺瞞。

真正的身分，當然需要被認同，而急著要你認同的，卻是騙人的。

「你們是怎麼做的？」猴子追問。雖然沒有期待對方說實話，對方也是個急於要人認同身分的人。

「就叫他們上線，疫情之後，大家都很熟悉線上會議，我們就叫他們開視訊，審問他們，叫他們交出銀行帳號，否則就要查辦。他們就會乖乖的，而且我跟你講，那種有錢卻沒離開香港的，聽到北京公安，根本一句話都不敢吭。加上他們的普通話都有口音，我們只要再兇他一下，說『你講那什麼普通話，你這算愛祖國嗎！』馬上每個都乖乖的。」

猴子想起自己每次出入境遇到外國移民官，有時因為語言關係，心裡頭忐忑不安的樣子。

「可是，不對呀，香港屬於中國，難道他們允許你們騙香港人嗎？」

「對中國政府來說，香港人不是中國人。而且，我們在台灣弄，那些香港人也不可能跑來台灣報案，沒有案子，這件事等於沒有發生。最重要的是，就算有，他們也不會承認，太丟臉了。」

「那，你為什麼現在願意告訴我？」

呂欣如停了一會，似乎在思索適當的話語。「因為麥可請我吃小籠包，他是唯一看穿我又接納我的人，而他很……在意你。」

「他看穿你？」猴子心想，麥可從來沒有說過啊。

「我們吃飯那次，他低頭看著我腳上的鞋子說，『你這是英國的赤足鞋耶，很少見』，臉上還帶著微笑，我才想到我在醫院扮成護理師去探看基哥的時候，遇到他和傑克去探病，我就穿著那雙白鞋。我沒想到有人觀察力這麼好，但他沒有在雙胞胎面前說破。還有，他應該也認出我假扮李律師的姊姊，那次吃飯時卻還是對我微微笑……」

不把話說破，確實是麥可會做的事，他總是點到為止，尤其是知道對方可能會感到難堪的事。

「請幫我轉達我的故事，以及我對他的敬意。」女子眼神誠懇，望著猴子。

「你自己去說，而且，你為什麼覺得我會放你走？」

「你覺得你抓得住我嗎？」

猴子突然感到頭暈，是時差太累嗎？

抬頭看到女子微笑，指著猴子桌上的咖啡。難怪剛剛覺得有股苦味。

「明天記得去小泉八雲的舊宅喔。」

為什麼又再提起小泉八雲？印象中小泉八雲對日本怪談有興趣，蒐集然後書寫，像雪女，就是他筆下的怪談人物。但他的文學地位並沒有夏目漱石來得高，為什麼特別講起小泉八雲呢？

望著皮膚白皙的呂欣如，猴子覺得自己好像遇見了雪女。在這夜裡，對方彷彿發著光。

「啊，那你要去哪裡？」猴子覺得自己吐出的話像棉花糖，軟綿綿的，身體也軟綿綿，意識逐漸模糊。

「**我要去認同我的地方。**」

紅色高跟鞋踩在木地板的聲音，叩叩叩，逐漸遠去。

二十二

醒來時，一片白。

猴子以為是醫院，但左邊椅子上坐著一個穿西裝的日本上班族，典型的平凡中年大叔。

他闔上眼，甩了甩沉重的頭，睜眼看右邊，另一個大叔看著他。

什麼地方能一次蒐集到兩個中年大叔呢？辦公室、車站、居酒屋。

猴子發現不只是兩個中年大叔，而且是有點印象的大叔。是在哪裡碰過呢？

噢，猴子想起來了，自己不知道對方是誰，但看過右邊大叔吃麵的樣子，還有左邊大叔叫啤酒再來一瓶的樣子。

是在抵達熊本後去的第一間拉麵店，他們坐隔壁。自己早被跟了。

「孫先生，你醒啦，我們是日本的公安警察，你被下藥了，醫生說讓它，呃，怎麼說，慢慢不見就好。敝姓中村，這是我同事本田。」日本發音的中文，雖然不到流暢，但聽來依舊清晰可辨。

「哈姬媚馬西得。初次見面，請多指教。」猴子用自己少數珍貴的日文打招呼。

「我們在那個咖啡館發現你趴在那裡，呃，睡覺……」

「可能咖啡因太強了。」猴子回答的時候，覺得舌頭不太受控制，但總想在這種時候學冷硬派的推理小說主角，講些俏皮話。

但，眼前沒有人笑。

「應該不是，你是被強力，呃，安眠了。」

眼前的公安刑警感覺很認真，但中文聽來帶著些詩意。

「嗯，強力安眠藥我很需要，最近睡得不多。」

「你認識那位小姐嗎？」

「今天才認識，不過之前追她一陣子了。」猴子試著說俏皮話，但對方沒反應。

「是追查的追，不是追求的追。」猴子再試一次，期待聽到笑聲，宛如蹩腳的脫口秀主持人。

「了解。」

「不好意思，你可以用日文說這句話嗎？因為我看動畫《攻殼機動隊》裡面，他們常常講。」

「流改。」左邊的公安刑警從善如流，面無表情地說了。

「聽起來跟台語『了解』真的好像耶，謝謝。我們也算吃過一次飯的朋友了，方便跟我說目前的狀況嗎？」

「嗯，了解，這位女性我們暫時無法掌握行蹤。」

「啊，你們有跟我，卻沒有跟到她嗎？」

兩人瞬間同時說「對不起」，同時鞠躬。

「唉喲，不要跟我道歉啦，我只是好奇而已。」

「我們同事有跟，可是到後來就不見了。」

「是不是進了一家店，後來就消失了？」

兩個刑警交換了一下眼神，右邊的點頭後，左邊點頭。

「我們在台灣也發生過，我看他走進超商，便改去追另一條線。後來，警察去調監視器，發現他進去後就沒出來，消失了。」

兩人接連點頭。

「後來我的乾爹麥可，他一邊整理書架，一邊說書有書衣，但其實裡面還有另一個封面。你可以幫我拿我的袋子過來嗎？」

左邊的刑警遞上，猴子從裡頭拿出一本書，是中文版的《真幌站前多田便利屋》，封面上還掛有兩位男明星的書腰。

「你看！」猴子把書衣取下，露出裡頭。「另一面，人們常常沒看到，浪費了設計者的巧思，但仔細想，這一面比起外頭的書衣，不是更加接近裡面的內容嗎？」猴子說完，把書衣和書同時遞出給本田刑警。

兩名日本刑警來回端詳了手上的書，似乎充滿了興趣，尤其是書腰上兩位男明星。

「你們在討論什麼？你們看過這本小說嗎？」

年輕一點的中村刑警不好意思地搔搔頭。「我跟本田先生說這很像我們。」說完自己先笑了，本田也跟著笑，所以，猴子也笑了。

看來對方才是俏皮話高手。

因為根本就不像，那可是瑛太和松田龍平兩個大帥哥，眼前的是兩個平凡到不行的中年大叔呀。

猴子意識到話題似乎來到混亂的地方，趕緊試著拉回來。「我的意思是，你們不能只找一個女生，也要找男生，他會視狀況改變性別。」

「男生、女生都是?!」本田刑警驚訝地反問，中村刑警積極地拿出手機往外走，開始聯絡。

「你們怎麼會想跟我？」猴子問本田刑警。

「台灣向警察廳提司法互助，本來也幫不上太多忙，但美國人提醒，要我們注意，後來，發現盧履新先生來到熊本，我們就趕快來找你。」

猴子聽到關鍵字「美國人」，眉毛一挑，這是新資訊，但又覺得十分合理。從地緣政治的角度看，美日台本來就合作密切。只是，和這案子什麼關係呢？

「為什麼美國人會關心？」猴子追問，並試著假裝不在意。但應該不會成功吧，對方可是日本最精銳的警察，相當於美國中情局，負責對外情報工作，就算在日本警界也奉行神祕主義的日本公安警察呀。

本田刑警果然沉默不語。

「那我猜一下，你說對不對，好嗎？」

本田依舊沉默。

「半導體？」

猴子繼續說下去：「我一直不懂這呂欣如為什麼在這幾個月往返台灣和熊本，分析不了單一個體，就分析有相同行為者。結果發現台灣有一群人也是如此，他們幾乎都是男性，年齡集中在三十歲至四十五歲間，所得為台灣前百分之十，高學歷就不用說了，而且都是理工科系。到這邊，答案就很明顯了。」

本田依舊沉默不語。

「不回答就當作我說對了。呂欣如的行為模式和最近到熊本設廠的半導體企業工程師高度相符。」

「所以，他是個工程師？」本田終於又開口。

「他可能是個工程師，但應該不是那家企業的員工，呂欣如同時做太多事了，應該不可能。你剛提到美國，也間接證實了我的推測，美國應該不在意跟他們不直接相關的事情，譬如詐騙，但在乎跟他們息息相關的晶片。我猜測呂欣如用她獨特的魅力接近前來建廠的工程師，好刺探情報。你知道人在異鄉相對寂寞，心防也較易被突破，所謂他鄉遇故知嘛。」猴子想起呂欣如提到的自我認同。

本田微微點頭。

「你們怎麼都沒有像日劇演的，拿警察手冊、寫筆記啊？你知道黑色小本的那種？」

本田微微一笑。「那是電視上演的，現在都用手機呀。」

「說到這，你們都沒有給我看你們的警察手冊耶，可以借我看嗎？」猴子露出哀求的表情。

「可以呀。」本田從上衣口袋取出，遞向猴子。

猴子接過那黑色證件，興奮地打開端詳。「原來是長這樣啊，太厲害了，我第一次看到耶，真的好酷喔，可以給我嗎？」

說完，猴子就把那警察手冊收到自己身上，本田刑警露出驚訝的表情。「孫先生，你這樣我們會很困擾的。」

「我不困擾，我很開心，以後出去玩，可以表演這個，『我是警視廳搜查一課』，哈哈。」

「請你還我。」

「不要。」

「請不要開玩笑了。」

「好，那我就認真跟你說，我喜歡這個酷酷的東西。」

「不可以這樣子。」

「我從小就因為家裡窮沒有錢買玩具，幼小的心靈不被滿足，長大後看到什麼都想要，這樣可以嗎？」

本田鐵青著臉。「什麼可以？」

「可以接受我無理的要求嗎？」

「不可以！」
「可是我真的想要嘛！」猴子繼續耍賴。
「想要就自己去考日本警察！」
「不要這樣嘛。」
「孫先生，請自重！」本田伸出手，向猴子討。
「好啦，好啦，我會還你，你先跟我說，你是哪一省的？」
本田漲紅了臉，瞪視著。
「對不起，我問錯了，應該是你祖上是哪一省的？」
本田沒有回答，只是望著猴子，似乎在思索著。
「我聽說日本警察很嚴謹，表明身分一定會先出示證件。雖說是奉行祕密主義的公安警察，應該也不例外，但我不確定，所以跟你要證件，想看你警察證被拿走會怎樣。結果，你只是好聲好氣地求我還你。我讀日本警察小說，警校受訓時若掉了警察證是要退學的，這麼嚴重的事，應該很難忘吧。但你的反應比較像在演想要回東西的人，並不是天大的事，因為警察證不是真的。」
「那是真的。」
「也許是真的，那就太好了，我可以跟朋友分享。另外讓我在意的是，你們在拉麵店執勤時點了四瓶啤酒。」
「我們是為了不讓人起疑，才在值勤時喝酒的，那不算違反風紀。」
「我又不是糾查隊，誰管你違反風紀？我想的是，如果你們是因台灣司法互助而派出的公安警察，那麼應該是從東京來的，也就是跟我一樣是個外地人。到人生地不熟的地方，並且是出任務喔，點一瓶啤酒假裝，就算了，喝到四瓶顯示你們很放鬆，根本就是當地人。」
「我們只是酒量好。」
「你們是演過頭了。還有讓我在意的是，你們若是司法互助，應該要找的是那個盧履新，怎麼會派人去跟那個女生呢？而且，若真是司法互助，應該是去找通報的那個金邊眼鏡男，怎麼是從拉麵店開始跟我？」
「我們是想了解你的底細。」
「你們是想了解我的底細沒錯，但你們若真的是日本警察，早就知道我的底細了。在藥妝店時，不是有地震警報嗎？我的手機當時響的不是信號音喔，它叫的是『地震來了，地震來了』喔。」
「那又如何？」
「那表示警報系統可以辨識我的手機是台灣手機，而且清楚知道我所在的位置。換句話說，日本公安如果真的要找呂欣如，一定也能立刻找到，而到現在都還沒有，表示他們並沒有在找。這個跨國司法互助和多數的司法互助一樣，還停留在行政文書的往返，尚未真的啟動。你們必須這樣跟著我，因為你們無法取得日本電信系統的資料。」

「我們只是比較謹慎而已。」

「最重要的是呂欣如。」

「她怎樣？」

「從頭到尾，台灣在找的是男版盧履新，發出的司法互助也是找盧履新，但我剛剛和你們講的一直是呂欣如，而你們不以為意，表示你們原本就知道盧履新就是呂欣如，變男變女變變變。」

本田察覺自己的失誤了，臉上木然。

「呂欣如這名字是我今天晚上才第一次聽到。話說回來，你不覺得中村先生去得有點久，他會不會遇到什麼意外啊？我有怪事吸引力喔，在我身旁的人很容易受傷的。」

猴子微微笑，天空雖然還是黑的，但總是會有亮的一天的。

二十三

敲門聲響起，「Room service!」的喊聲傳來，猴子還在想這裡是飯店嗎？下一刻，他從本田同樣困惑的臉上得到答案。

只見門一開，一道黑色身影快速衝入。

接著，比較像看放煙火。

緊跟著，那道身影瞬間縮小，直衝入本田的懷裡，真的很奇妙，怎麼會瞬間在行進間，像一張黑紙快速揉成小紙團，射向本田先生，接著，就太快了，看不清楚手部動作——只看到本田似乎違反地心引力，整個人往半空中飛起，印象最深的是他一臉「我是誰我在哪」的表情，立體而鮮明，宛如希臘雕像。

接著，一聲巨響，本田摔落在地。

猴子從床上探出頭往下看，先是看到本田眼睛緊閉，應是昏過去了，接著看到旁邊那黑色人形正從本田手上取下一把黑色的手槍。

那人轉過頭來，黑色的連帽外套下一張五官立體金髮的臉，轉向猴子，是個白人女性！

是誰？在哪裡見過？猴子想了好一會兒，他見過，但不在這裡，甚至說，在認知裡應該不會出現在這的人。猴子確定見過她，而當時的情境，跟現在類似，一樣緊張萬分，是什麼地方呢？猴子自問。

是科索沃！當時旁邊人群奔跑，這女子表情緊張，想要拉住小女孩娜娜。

「嗨，我們要趕快離開了！」女子一口純正的英語。

「謝謝你的幫忙。」猴子趕緊用英語道謝，一邊轉動著脖子。

「我也要謝謝你幫娜娜。」女子的表情嚴肅慎重，美麗的臉龐極度認真。

猴子想起她之前受傷住院。「你的傷都好了嗎？」

「沒問題的，謝謝你關心。」

「啊對了，這個要還給他。」猴子把警察證擺在本田額頭，雙手合十。

「他還沒死啦。」女子似乎對猴子的舉動感到好笑，笑了出來。非常甜美迷人的笑容。

「對了，另一位呢？」猴子突然想起中村，應該是這女子潛入時處理了。

「噢，他倒是死了。」

猴子停下正要往外走的腳步，轉身，盯著那女子。

女子面無表情，接著說：「開玩笑的啦。他睡著了。」

猴子大笑，原來這位嚴肅的小姐也會開玩笑。

「請問你叫什麼名字？」

「蘇西。我是娜娜的保母。」

「你可以叫我猴子。」

女子點點頭，表示她之前就知道，一邊往外走。

「你為什麼會來這裡？」

「我大學在日本讀的，所以日文還可以，那時是柔道選手，也修國際關係碩士。」

猴子想起科索沃報記者提到他們有幾位柔道選手在國際比賽成績很好，為了練柔道所以到日本讀書，感覺很合理。

「傑森派我來亞洲出任務，其中有一項跟你有關。你目前也算是重要的戰略目標。」

猴子跟在蘇西後方，走出建築，外頭一片漆黑，是無人的田野。

「那兩個人是在日的中國人第二代，這兩年被中國吸收，我們在觀察他們的下一步，意外發現你被他們帶走。」蘇西淡淡地說，她的英語是非常道地的美國腔，很容易聽，沒有什麼東歐口音。

「原來如此。」猴子點點頭，原來那兩人是中裔。他想起呂欣如那段關於自我認同的想法。是不是全世界的中國人都會有這種認知衝突呢？這到底是為什麼？是另類的情緒勒索嗎？

「他們在中國的上司被拉下台，所以他們這條線索目前狀況未明。」

「為什麼被拉下台？」

「貪汙，說法是這樣，但詳情不清楚。我們也在找那位呂欣如小姐，但她似乎消失了。」

月光下的夜裡，一望無際的田原，兩人走在田埂上，小小的身影，像兩隻野兔，前行。

二十四

回到熊本市區，已是幾小時後，猴子累得要命，眼皮快闔上，蘇西陪猴子走到飯店門口。

平日人來人往的大馬路，此時一個人都沒有，只有遠處的熊本城在燈光照射下，彷彿天空之城，漂浮在半空中。

「再見，請多保重。」蘇西又是一臉認真嚴肅，感覺在比賽場上也是如此。猴子實在很想叫她多露出點笑容，「你笑起來很好看呀……」但交淺言深，恐怕並不適合。

這世界上，不適合但可能美好的事，還真多。

「謝謝你幫忙。」

「不客氣。」

「我最後可以請問你一個問題嗎？」猴子問。

「請說。」

「你摔那個人的柔道招式叫什麼？」

「Seoi-nage。」蘇西突然說出日語。

「Seoi-nage？」猴子只會重複，而且腔調不太正確。

蘇西因為猴子的怪腔怪調笑了出來，她的笑容映照著身後的熊本城，有種奇特的浮世繪感。

「保重。」

「你也是。」

蘇西突然迎向前來，給了猴子一個大大的擁抱。驚訝的同時，可以感受到對方身上的肌肉量十分驚人，應該接近男子運動員了吧。

兩人都知道大概沒有什麼再相見的機會了，兩個不同國家的人在異國的相會。

一期一會。

◆

猴子進房後，決定該傳個訊息。傳完後閉上眼，瞬間墜落夢鄉。

再醒來時已過中午，洗完澡後，發現對方回了訊息。他看了看訊息，上面寫著「我在三樓了」。

下到三樓，除了自助櫃檯外，有幾張桌椅，沒見到人。猴子目光搜尋了一下，落地窗外似乎有陽台，走了過去，大為驚豔。

這陽台幾乎和室內一樣大，明亮開闊，木造地板，可容納十多人圍坐的圓椅，中間有個可放置火爐的圓形小平台，看起來就像放大版的北歐三溫暖，而且是在戶外，間雜的綠色植物點綴，舒適得像裝潢雜誌封面。

但更猛的，應該是陽台外的景色，現代化的建築，有美術館、百貨公司，還有復古懷舊的路面電車。新舊交融，產出奇特的視覺美學，加上那巨大難以忽視的熊本城就在眼前。

白色牆面和深色線條屋瓦，在藍天下閃耀，宛如浮世繪，雖然歷經大火和地震後重建，但儼然就是個扎實的存在，那是此地人們沒說出口的精神堡壘吧。

終於看到了，傑克！他之前離開台灣，就是到日本，幾個小時前傳訊息給他，就到熊本來和猴子會合了。

傑克披著件毛大衣，坐在那，欣賞著眼前美景。

猴子走向他，同時出聲，因為知道悄無聲息靠近，常會惹來傑克直覺反射的攻擊。

「幹麼穿得像白雪公主？」猴子大聲開玩笑。

「什麼白雪公主，這大衣是飯店放在門邊給客人來陽台時穿的，你也可以穿。」傑克指向室內，門邊確實掛了一排同款式剪裁優雅的長大衣。

猴子笑了笑。「明明就是白雪公主去森林裡採莓果時披的大衣呀。」

「你這小矮人少在那邊胡說。」

「等等陪我去小泉八雲舊宅。」

「哇，鬼故事耶，我在圖書室讀過他的書，麥可一定也想去看看的。」

「我想過找麥可出國來走走，但是醫生不太贊成。」

「那我回去把他綁架過來好了。」

「我覺得你搞錯重點了。而且，現在麥可是潔米在保護，你有辦法綁架嗎？」

傑克沉默，似乎在思考可能性，連他都覺得潔米很難打倒。

「走吧，我肚子餓了，我們去超商。」猴子看他真的認真思考，覺得很好笑。

「好！」傑克跳起來，彷彿電影中的俠客動作，長大衣飄提在半空，背景是壯麗的熊本城。

◆

猴子最愛稻荷壽司了，對他來說，光是超商的豆皮壽司就已經構成旅行的理由。他跟傑克分享這件事，傑克只是「噢」的一聲不置可否，傑克看的主要是營養成分。

在熊本城旁的人行道，有舒服的座椅，兩人就在那裡吃著食物，猴子跟傑克說明最近發生的事。

「我們不是應該找那個盧履新嗎？」傑克手插外套口袋，冷風中，沿著熊本城護城河旁的小徑走。

「他說他現在是『呂欣如』了。我就是想找她啊，她現在一定抹掉所有的電子痕跡了，但叫我一定要去小泉八雲那裡看看。」

「那……呃，我有一個想去的地方，不太遠，你可以陪我去嗎？」

「什麼地方？」

「最偉大的人住過的地方，你也會想去的。」

「什麼啦，這麼神祕！」

「你到時候就知道，你一定會感激我的。」

兩人經過女子中學，傑克開心地拿出手機拍，因為校門口有個石雕像，是隻貓在讀書。感覺傑克去圖書室保護麥可後，成了愛書人士。在這之前，誰又想得到呢，猴子心裡想著。

走到白色的天橋下，傑克看了看手機的地圖，示意要上天橋，還大喊著「到了，到了！」衝著跑上階梯。

跟在後面的猴子看了看橋的另一面，只有條小河，小河旁有所小學，旁邊是不起眼的建築，寫著某某地方合作金庫。

再下一刻，就看見傑克在那金庫的停車場入口前跳躍著，手舞足蹈。

可是，看起來什麼都沒有啊，難道這地方合作金庫帶來日本近代化嗎？確實日本的近代化有一頁和熊本有關。西南戰爭時，薩摩藩的志士曾經攻打至此，而經濟變革也的確是影響日本近代史極重要的環節。猴子邊想，邊爬上天橋。

好不容易下了天橋，只見傑克站在那條小河邊，一臉大大的笑容，笑得像聖誕節拿到禮物的小孩。

「快點啦，幫我拍！」傑克催促著。

「拍什麼？」猴子看周遭，就只有停車場的入口柵欄。

「這裡，這裡呀。」傑克指著路邊一根半人高、白色的小木柱。如同冰棒裡頭的那根木棍，這是猴子的第一印象。

猴子拿出手機拍，畫面裡，傑克站得挺拔，一副正氣凜然模樣，搭配一根白木頭。雖然很帥，但意義不明。

「等一下，再一張。」傑克說完，兩手合併，高舉過頭。

「噢好。」猴子不明所以，仍舊先拍再說。應該是模仿某位日本的投手吧？

「好看嗎？像嗎？」

「好看啊，但我不確定像不像。」

「不像嗎？那這樣。」傑克把手放下來，側了身，再把左右手握拳擺在左腰際。投手有這種動作嗎？猴子皺了皺眉，但還是拍了。

「好了嗎？我看。」傑克跑了過來，伸手就跟猴子拿手機。

「這什麼啦，這樣別人怎麼知道啦？」傑克抱怨著。

「我也看不出來是哪個投手。」猴子試著猜：「大谷翔平？佐佐木朗希？」

「什麼大谷！是宮本武藏！」

二十五

誰想得到宮本武藏舊居遺址只剩下一根白色木椿？而且上頭寫的字還朝向河面，站在旁邊根本就看不到那些字，只會看到根木棍。

走到河對岸，才有個立在路旁的石碑，大意是宮本武藏晚年受熊本城主邀請在此處定居寫書；一旁有一小尊全身的石像，但大小跟剛才學校門前的貓咪看書小石像差不多。

看起來有些淒涼。

猴子不敢多說，怕傑克不高興，但他似乎不以為意，一直興奮地念著「劍聖宮本武藏耶」，手不斷比畫著。現在猴子終於看出，雙手上抬高舉，不是投手的準備動作，是劍道上段的動作。

沿著河走，風有些冷，猴子把手縮在口袋裡，一旁的傑克倒是不怕冷，大概是雙手一直不斷上段劈砍的關係吧。

「我記得宮本武藏是浪人劍客。」猴子試著搭話。

「是嗅，我只看過漫畫。喝啊！」

「我也是，但畫家沒有畫完。」

「畫家後來就去畫輪椅籃球了。喝啊！」

「你知道『浪人劍客』是什麼意思嗎？」

「不知道，不就帥？喝啊！」傑克手沒停，一直上下砍劈，帶起一陣風。

「你可以不要再弄了嗎？很冷耶。浪人就是沒有主人，沒有侍奉某位將軍，不屬於某個藩國，算是『freelancer』。」

「Freelancer？那不是跟我一樣？我是宮本武藏，喝啊！」傑克又一個由上而下的砍劈。

「你不要再弄了，看起來很瘋。我在想那個呂欣如從組織叛逃，是不是也算是正職轉 free？」

「不算吧，她詐騙集團耶，而且，她還是台灣人，被鄰國吸收利用，算是叛國啊！」

「是啦，我只是在想她的心理狀態，一個從性別到國籍都不被認同的人會如何變化？她也算是一種浪人！」

「不要侮辱我的宮本武藏！喝啊！」傑克再次砍下，又一個無形的敵人被砍成兩半。

◆

傑克劈著空氣，和猴子慢慢沿著河邊走入市區。

猴子一直感覺怪怪的，似乎被人監視的感覺，雖然他在每個轉彎處，都會警覺地回頭看，但一無所獲。

但被看著的感覺，仍舊在。為什麼呢？

他甩甩頭，試著拋下這奇怪的感覺。

「好像快到了。」猴子看著手機上的地圖，一抬頭，目標顯而易見：一座日式宅邸，外面有個小庭院。

一走近，就看到清楚的標示，年長的男性工作人員正彎著腰掃地，兩人經過對方，發現眼前是棟傳統日式木造平房。

猴子心想，小泉八雲作為外國人，在日本生活工作，不也是廣義的浪人嗎？

正想和傑克說這事，一位老者靠近，以英文詢問：「Where are you from?」

突然，門外傳來一聲巨響！

不知為何，隨著那聲巨響，猴子疊合了之前在科索沃爆炸時的景象：自己倒在地上，上方同樣也是位老者詢問自己從哪裡來。

噢，想回答卻答不出來，混亂中，發現自己失去說話的能力。

很想回答從媽媽的肚子來，但我不知道媽媽去了哪裡。

猴子想起了幼時在山上奔跑的自己，那個寂寞無依的自己。下山在學校裡被嘲笑「山中的野猴子」的自己；和人推擠打架的自己；在機場被移民官詢問「Where are you from?」的自己；夜裡在漆黑的房間醒來的自己；在科索沃爆炸中昏過去的自己……

「TAIWAN!」傑克的聲音從身後冒出，把猴子帶回到現實。

「人家問你怎麼不回答，虧你平常還教我要有禮貌！」傑克叨念著，同時越過猴子身旁，走向老者。

猴子心裡想著，自己是不是有爆炸後的ＰＴＳＤ？

老者聽到「台灣」，臉上嚴肅線條瞬間軟化，用中文說了謝謝，後面接了一長串日文，雖然聽不懂但可能是在講謝謝三一一大地震的台灣捐款。

傑克走上前購票，嘴裡繼續念：「你的狀況就是標準的ＰＴＳＤ啊。也很正常，經歷爆炸，本來就要休息，誰像你還跑來跑去演偵探……」

「所以，我才來日本休假！再說，還不是為了你？誰叫你被通緝，我才想搞清楚這一切，看能不能幫你，不然你以後進不了台灣，吃不到滷肉飯。」猴子不甘示弱地回嘴。

「不吃就不吃！啊不對，只有台灣有滷肉飯，my god，我以為只是避風頭而已，我不想和滷肉飯永別啊，董事長，你一定要幫我。」誰都不怕的傑克，終於稍感受到威脅了。

「有啦，我有請律師協助。」

「啊，但我想吃好吃的滷肉飯，不然，我偷渡回台灣吃一碗滷肉飯再跑出來。」

猴子知道傑克是真的會這樣做的人，趕緊制止：「好啦，你不要輕舉妄動，律師在研究為你辯護自衛的可能性，等有把握了再找你回去。你不要多一條罪，非法入境，要關更久。」猴子突然指前方：「欸！你看，有貓耶！」

一隻黑白貓好整以暇地從兩人中間穿過，輕盈地跳上階梯，往門裡走去，猴子與傑克趕緊脫鞋，跟著走入。門口的老者微微一笑，似乎對人們看到貓的興奮反應司空見慣。

貓在一個轉角消失。

腳上是榻榻米，一個個房間打開，日式房屋裡，各個房間相連通。

「這個小泉八雲是希臘人，後來到日本，結果，在這裡落地生根，歸化日本。你看他以英文寫的《怪談》，不只讓日本的怪談文學廣為世界所知，成為日本怪談文學經典始祖，後來還影響了導演黑澤明拍了電影《夢》。」猴子一邊看著牆上簡介，一邊跟傑克說。

「講鬼故事的噢。」傑克也在房間裡瀏覽，漫不經心地回答。

猴子想了一下。「我在想，那個呂欣如一直要我來，會不會她想到自己的身分和小泉八雲相像，彷彿是個異鄉人。」

「我也是啊，誰在這世上不是？」傑克不以為然地回答。

「每個人的際遇不同，可能她的感受也比較纖細敏感，也可能她比較不幸。」

「不幸的人一大堆啦，**最不幸的是不了解自己的人**。」

「欸，這你可能說對了，我感覺她很希望被別人了解認同。」

「光聽就好累，不能自己認同自己就好嗎？」

猴子點點頭。「不是每個人都像你一樣堅強。」

「堅強是鍛鍊出來的。跟國家一樣，要靠自己啦。」參觀了幾個小房間，發現那黑白貓正坐在其中一間的大長桌上理毛，表情自在，宛如主人。

真正的貓主人。主人是貓。

「你看牠！多悠哉！」猴子走近端詳，桌上擺了一筒筆，幾份宣傳文宣。

猴子坐到榻榻米上，貓坐在矮桌上，還比猴子高一些，睥睨著他，模樣高貴。

「不好意思，你最近有看到一個長頭髮的女生，穿紅大衣、紅高跟鞋嗎？」

「董事長，你的PTSD比我想得更嚴重，你在跟貓說話耶。」

「試試無妨嘛。」

傑克覺得無聊，走到另個房間去，猴子繼續看桌上的文宣。

猴子讀著文宣上的漢字，猜測著整篇文章，突然聽到貓叫了一聲喵。

「什麼事？」猴子向貓搭話。

貓坐在一本A4大小的本子上。

「借我看一下哦，謝謝。」猴子伸手從貓的屁股下要拿本子，貓喵的一聲跳下桌，似乎覺得猴子沒禮貌。

「斯咪馬線。」猴子跟貓用日語道歉後，翻看起那本子。是留言本。

後來，猴子跑去超商買罐頭，謝謝貓主人。

牠幫了大忙。

二十六

站在不斷冒煙湧流而出的溫泉水前，猴子和傑克兩人對望著，因為一個日本鄉間尋常可見的老人，彎腰正拿著一個儲水桶在接水。這是可直接飲用的嗎？

老人彷彿意識到兩人的疑惑，伸手掬水至口邊喝下。

「不會燙嗎？」猴子看著直冒煙的水氣，納悶著。

「他用那種看來像塑膠的容器裝，那麼熱沒有問題嗎？」傑克也跟著答腔。

老人看了他們一眼，面無表情地扛起大儲水桶走。

「你看他活到這麼老，還那麼有力氣，一定是每天喝這個溫泉水的關係。我也要試試看。」猴子走向前去。巨大茶壺造型的山水口，冒著濃濃的熱煙。

「它這邊寫的好像是不要拿來洗東西，要拿來喝……喂！你小心，不要燙到！」傑克讀著告示，看猴子向前伸手就要喝，緊張得大叫。

「啊！」猴子大叫，猛甩手，嚴重燙傷的樣子，手直冒煙。

傑克馬上過來，握住他的手察看：「糟糕，這裡的醫院不知道在哪？」

「騙你的啦，是溫的，哈哈。欸，好喝耶。」猴子用手掬水，開心極了。

「騙個頭啦，你是放羊的猴子噢？以後再這樣，我就不救你！」傑克忿忿不平，一隻手已成手刀，要朝猴子砍下。

「好啦好啦，對不起，我開玩笑的啦，你也來喝嘛，其實水沒有那麼燙，是天氣太冷了，所以才會冒煙。」

兩人就在那大茶壺前喝著水歇息。

此處是山鹿溫泉，離熊本市車程近一個小時。

那時，在小泉八雲舊居的留言本上，猴子看到了呂欣如的留言。

前面有不少是日文留言，也有小朋友用畫的，當然也有些中文留言。看到呂欣如留言的時候，猴子叫了出來，一旁坐在桌上的貓，也應和般喵了一聲，好像在說「我就說吧」。

呂欣如的留言，寫的是「**轉動舞台八千代　在你掌中**」，第一眼不知道是什麼意思。八千個世代嗎？那為什麼是轉動舞台呢？歷史的舞台嗎？

結果，上網一查，「八千代座」是個劇場，位在距熊本市不遠的山鹿溫泉，是重要的歷史文化景點。

原本傑克還沒什麼興趣，猴子還得說服他。

「不是，跑那麼遠去，還要搭巴士，麻煩死了。要是遇到狀況，也很難找到大醫院處理。」傑克抱怨著，從安全的角度看也是。

「唉喲，你不是叫我要多休息，治療PTSD嗎？泡溫泉最能讓人放鬆了，而且，我們出來旅行就是要心胸開放，接受不同的可能呀。」

「你少來，你根本在玩偵探遊戲，而且還是無償的。我跟你說，你跟麥可一樣，對悲劇人物太多同情了，那個呂欣如根本危險得要命，從我這安全顧問的角度看，根本要遠離她。You know, dangerous!」傑克念完，還比了一下麥可．傑克森的招牌動作。

「沒有啦，她應該已經離境了，不知道跑到哪一國躲起來了。我們也只是觀光客，享受日本的文化遺產而已，relax 啦！」猴子起身在傑克肩上按了兩下，貓也喵了一聲。

兩人去超商買了貓罐頭和一瓶罐裝熱咖啡給小泉八雲舊居的工作人員。那老人又是鞠躬又是一長串的日文道謝，彷彿猴子為三一一又捐了一次巨款般。

於是，兩人到櫻町的巴士總站，搭上往山鹿溫泉的巴士，一路從繁華的熊本市區，經過熊本城邊，往鄉間而去。

沿途盡是原野山林，上下車的人不多，也都只搭個幾站，且多是年老長者。可能此刻並非觀光旺季吧，最後，從起站熊本到山鹿的乘客，只有猴子兩人。

若沒有猴子，司機不就得空車跑了？看來日本的城鄉差距，和台灣也很像。不過，沿途風光奇佳，可以看到舒緩人心的田園風景。有一兩座大寺院隱身在層層綠意裡，金黃太陽映著碧綠色平原，猴子突然有種坐在龍貓巴士上的感覺。人偶爾還是要從城市中暫離，好修復一下受損的精神狀態吧。

一小時後，他們來到此地，喚作「山鹿」的溫泉小鎮。

彼時是大名們要往江戶去必經的驛道，現在保留了一長條古色古香的長街。兩人下車的地方大約在長街的中間，也就是溫泉博物館門前。

猴子望著茶壺口不斷湧出的溫泉水，想著要是麥可也來玩多好。剛看到海報，這裡的名產是燈籠，每年八月十六日「燈籠節」，少女會穿浴衣，頭上頂著燈籠舞蹈。

可以帶他來走走，夏天不冷，對身體的負擔不大，提前和醫生討論，應該有機會的。

正想著出神，突然一旁「喝啊！」一聲，嚇了猴子一跳。

是傑克！

又在上段砍劈了。

大茶壺旁有座宮本武藏的雕像，原來宮本武藏也曾浪跡到山鹿來。無論如何，看傑克興奮地不斷使出劍道動作，猴子放心多了，至少傑克不至於失望啦。

這世界的高標已經是不失望，尤其是不讓愛的人失望。

◆

圖書室裡，正演奏著Sonny Rollins的爵士樂專輯《On Prestige》，悠揚的薩克斯風帶來一股輕盈。門推開的同時，麥可正打開一包茶葉，倒入紫砂壺中。

是阿里山的高山烏龍茶，麥可曾經探訪過的茶農師傅，認真做茶，泡出的茶氣味跟老師傅一樣，頂真。

迎面露出微笑的，是個小女孩。不，後面還有個小男孩。

小男孩看了一眼麥可，就又害羞地把頭低下，望著手上緊抓的帽子。

「老師說我可以來。」

「當然，歡迎。要不要喝養樂多？」麥可轉身，從冰箱拿出，放在櫃檯上。

小女孩很有禮貌地點了下頭，清亮地喊「謝謝」，拿下兩瓶養樂多，遞一瓶給小男孩。

「那邊有繪本，你等一下可以去看，先喝完，免得打翻弄髒書。」女孩仔細交代。

麥可這時看到，遠處，潔米停下手上的動作，靜靜望著小女孩和男孩，神情關心。

「他是你弟弟嗎？」麥可問。

「不是，他年紀比較小，凱洛老師叫我多陪他。他上次來過，最近說想要看書，凱洛老師叫我帶他來。」小女孩講話非常有條理，有種超齡的成熟。

小男孩的表情，倒很像在聽別人的事，事不關己地喝著養樂多。

「你們最近都好嗎？」麥可關心地問。

「很好，我社會科報告，老師給我最高分。」小女孩講的彷彿是平常不過的事，麥可心裡暗暗佩服她的自信。

「你做什麼題目呢？」麥可邊用手勢示意小女孩可以喝養樂多。

小女孩從善如流，拿起養樂多，喝了一口回答：「新住民的語言適應，以越南配偶為例。」

「哇啊，你很厲害喔。」麥可一臉詫異，深受小女孩的認真吸引。
「沒有啦，我只是訪談我媽媽，把她的故事整理出來而已。」
「不好意思，可以請問你叫什麼名字嗎？」
「我叫王瓊惠，他叫林子傑。」
「我叫麥可。」
「我知道。」小女孩看看小男孩，以眼神示意詢問，小男孩點點頭，小女孩才轉回看向麥可：「其實，他有點擔心，坐牢的爸爸快出來了。」
「他擔心什麼？」麥可的語氣儘量保持平穩，沒有必要讓鼓起勇氣的孩子覺得自己有那麼多不同。
「他怕不習慣。他都跟他媽媽兩個人在家。」
「他爸爸是什麼案子，你知道嗎？」
「他說他不知道。」
麥可的手機一陣震動，他低頭看，是凱洛。
「你們老師打電話來了，你們可以先去看看書，每本都可以借喔。有什麼問題也可以問姊姊。」麥可指著遠處的潔米，兩個孩子轉頭看過去，面無表情的潔米朝著他們用兩隻手在自己頭上比了個大大的愛心，努力表現友善。

小男孩把喝完的養樂多放在櫃檯上，鞠了個躬，說聲謝謝。聲音雖然小，但感受得到他的努力。

麥可點點頭，回他：「不客氣，快去吧！」小女孩牽起小男孩的手，兩個孩子興奮地衝過去。

麥可接起電話，一邊看著書架方向：「哈囉。」

「是我，瓊惠和子傑到了嗎？」

「剛剛到了，喝完養樂多，我請他們去看書。聽說子傑的爸爸要出獄了。」

「嗯，我正在跟他媽媽討論。也許沒事，不過子傑好像滿擔心的。我想說，讓他看看書，可以安定一下。」

「他爸爸是什麼案子進去的？」

「毒品。之前勒戒的效果不好，希望這次有改善。」

「嗯。」麥可思索著，毒品的戒斷很不容易，對當事人和家人都是煎熬。

「要麻煩你推薦幾本書給他們看。」

「好，瓊惠這孩子非常不錯，口條好，不怕生，有大將之風。」

「她說以後要當律師，協助新住民和移工。」

「太好了！是受你的啟發吧？」

「她自己很棒啦，啊，我先去開一個會，屏東的課輔老師要找我討論事情。」

「好，你忙，我會照顧他們。」

掛上電話，麥可若有所思，他看向遠處。書架旁，潔米扶著凳子，仰頭望著小弟弟子傑站在凳子上，專注瀏覽書架上的書；小女孩瓊惠站在一旁，看著另一個書架上的書。

三個人，各有自己的位置。

那是他心中最美的圖畫。

二十七

他們走錯方向了。

雖然嘴裡說這趟旅行是休假，猴子還是一直想搞清楚到底發生了什麼，隱隱然覺得哪裡怪怪的，就是走錯了方向的感覺。

腦子這樣想，腳在街上走著，回過神來，才感到奇怪，怎麼一直沒看到八千代座劇場。

走錯方向了。

傑克毫不在意地走在猴子身旁，手還不斷砍劈著，口裡不斷「喝啊！喝啊！」地喊。

還好街上沒有很多人，不然好丟臉，猴子心想。

可是心裡的異樣感，還是很強烈，路上沒什麼人，但感覺自己正被注視著。

猴子忍不住說出口，卻被傑克嘲笑。

「你真的有PTSD耶，可能是被那兩個假公安綁架造成的。我跟你說，現在有我在……」傑克轉頭往道路左右兩旁張望，繼續說：「沒關係，就算有人在跟我們，就給他跟，他想怎樣，我就處理他！喝！」傑克又一次上段砍劈。

街道兩旁的店鋪多數緊閉著木門，石板路上只有他們兩人走著。這段老街道應是刻意保留下來，木造的房屋多仍散發古風，猴子彷彿走在歷史的隧道裡。

「都沒開耶，可能太冷了。」

「對啊，喝啊！」

「你看，我們就跟以前那些參勤交代的大名一樣。」

「什麼大名？交代什麼啊？喝啊！」傑克繼續上段砍劈。

「大名就是地方藩鎮的領主，每年要去江戶向幕府報告一次，這個動作叫『參勤交代』，這裡是過去的必經之地。」

「幕府這麼看不起人噢？」

「要各地領主表現忠心呀，而且從全國各地到江戶去其實非常花錢。你看，一趟路如果是幾千人的移動，其實花的錢很驚人，不過對沿途的商家也是巨大的經濟來源。」

「所以是強迫分公司要到總公司去的公司旅遊啊？喝啊！」

「應該也不是這個意思啦！但據說這個要求，確實有削弱地方藩鎮的效果。」

經過一家少數還開著的店，是間文具店，門前還有個郵筒，門面不大，但古樸可愛，猴子拉了推門就要走入。

「去文具店幹麼，你又不是小學生。」傑克斷然拒絕。

「看一下嘛，你不覺得這間店可能上百年了，說不定宮本武藏也來過。」猴子嘴上這麼說，但心想應該不可能。

傑克聽到宮本武藏，心防就完全瓦解了：「真的嗎？我先進去看看，保護你的安全。」

用常識想也知道不太可能，傑克卻興奮地從猴子身旁俐落滑過，跨進店內。

「宮本大師，我來了！」

猴子跟在傑克寬大的肩膀後頭跨進店內，不忘轉身把門拉上，避免室內溫暖空氣流出。

是個極小的文具店，滿滿地放了各種文具，簡直是超高的坪效。從各色筆類、記事本，到卡片、書包，大概和學習有關的物件都有了，真是琳瑯滿目，應該是這小小鄉鎮所有孩子都會來的地方吧，猴子光想像那些小小身影擠滿狹窄的通道都感到可愛。

小心翼翼地走著，深怕不小心碰掉了什麼東西，此時才看到在店鋪深處有張堆滿物件的小桌子，桌子後方是三十多歲的年輕人，但一開始完全看不到，實在太多雜物在他面前了。一塊小隔板貼滿了便利貼，形成奇幻的偽裝屏蔽，要不是聽到他的說話聲，一下子還真會錯過。

那年輕人似乎在跟店鋪後方的老婦人討論什麼，眼睛盯著桌上的舊電腦。是第二代接手經營了嗎？在這明顯人口外移、缺乏年輕人的小鎮，更是珍貴吧？

猴子想起這充滿古意的建築，卻能繼續存在下去，原本預期會見到比老還老的老闆，可以看到新血，真是太開心了。猴子不知不覺對眼前的年輕人滿是好感，下一刻更是加分。因為眼前的牆面被直到天花板的書架占滿，而且上頭都是當代日本小說家作品，真的讓人又驚又喜。

牆上的小說從村上春樹、吉本芭娜娜到夏目漱石、川端康成都有，甚至還有一本小泉八雲的《怪談》。猴子拿下來那書，翻動著，雖然看不懂日文，還是覺得很美。

台北號稱文青區的民生社區，收掉最多的是書店哪，而這山鹿小鎮卻依舊有文具店裡滿滿的小說。那可都是庫存壓力吧？但也是地方孩子夢想的寄託。

自己就是在麥可的圖書室裡得到安慰的。**現實的困窘在書裡會被緩解，翻頁**

間透出的光可以照亮那些黑暗。

想跟年輕人說些什麼，又覺得那個什麼很難說得清楚。只能用日語謹慎地說聲「謝謝」。

年輕人嚇一跳般抬起頭，反射性地也回了句「謝謝」，帶著納悶的神色看著面前眼眶含淚的猴子。猴子發現自己失態，低頭用日語說了句「不好意思」，就趕緊走出店門，留下錯愕的店主人。

傑克自然立即從身後跟上。猴子想想，說道：「我剛剛說我搞錯方向，其實，我也在想，會不會是我誤會了呂欣如。」

「怎麼說？」

「就像剛剛的那間店。她那天主動找我，也許不是為了她自己。」

「你在講什麼？開店不是為自己？」

「開店是為了賺錢，但在這裡開書店或文具店都不會賺大錢，可是會幫到其他小孩。」

「那跟呂欣如有什麼關係？她是詐騙集團的，她的邏輯就是騙錢，只有你會去思考她的邏輯是什麼。」

「詐團也是人啊，我的想法是，如果像她講的，會不會她也是無奈，想要擺脫控制？所以在尋求改變的機會，或者，想補救些什麼。」

「最好是啦。」傑克不以為然。

猴子想起剛剛翻的《怪談》，停下腳步，拿出手機查。

「你看，那個小泉八雲寫的〈雪女〉，你不覺得跟呂欣如很像嗎？」

「長得好可怕喔。」傑克湊過來看手機螢幕。

「不是說長相啦，我是說那個心理狀態。故事裡，雪女遇到樵夫，但要求樵夫不可以說出她是雪女，說了就會殺死他。後來樵夫跟她結婚生了孩子，過著平凡的日子，沒想到有一天意外說溜嘴，雪女很生氣，本來要殺樵夫，但想到剛出生的小孩要有人照顧，雪女就放過樵夫，悄然離開了。你不覺得呂欣如也是一樣嗎？」

「哪裡一樣？」

「雪女呀，在這故事裡，就是過去說的『非我族類』，不是一般人認定的模樣。」

「噢，那又怎樣？」

「呂欣如有性別認同的問題，也有國家認同的困惑呀。」

「那，誰是樵夫？」

「那個李律師吧。」

「但李律師死了喔，你不是說樵夫沒有死？」傑克提出質疑。

猴子想了想：「我的意思是，呂欣如想要跟李律師好好過平凡日子，但沒想到遇上意外，所以她才會有後來一些奇特的行為。比方說找上我，留下情報給我們，目的會不會是想要報復那個破壞她美好小確幸的人？或者，是想彌補一下被她騙的人、被她背叛的國家？」

「她怎麼那麼囉唆，不能直接說嗎？」

「可能雪女有屬於她的難言之隱吧。」猴子再次想起那夜呂欣如悲戚的側臉。

兩人之後，一路無語，各自思索著。

走回頭路，再次經過大茶壺和宮本武藏像，一路沿著驛道爬坡，經過如今是「燈籠民藝館」的精緻洋樓，往前幾步，才看到八千代座劇場。

◆

整條街道毫無人聲，只有碩大無比的木造劇場安靜矗立著，彷彿在歷史的深處等待著穿過時空而來的觀眾。

猴子到劇場對面的售票處購票。因天冷，得待票亭的小姐拉開古樸可愛的木造小窗，有種神祕的特殊氣氛。

沒想到，付費完，售票的小姐開門出來，猴子正好奇對方要去哪，結果，對方一人身兼數職，她走過馬路，收了猴子手上的票。

猴子不自覺笑了出來，賣票完又要跑到劇場門口開門收票，有種演員人手不足，只好分飾多角的感覺；接著，更妙了，這位小姐引導猴子和傑克脫鞋，登堂入室後，又搖身一變成導覽小姐。

發現自己說的日文，猴子一句都聽不懂後，百變女郎的導覽小姐拿出手機，快速輸入，朝向猴子，接著傳來一連串中文語音。

「請沿著步道走。後台有樓梯可以下到舞台下方。」機械的語音人聲傳出，在充滿歷史氛圍的全木造空間中，迴盪著新時代的ＡＩ人聲，實在奇妙極了。

偌大的空間，猴子分不清視覺最震撼的是以木條隔成一區區的一樓觀眾席呢，還是二樓正面的一層層觀眾席位？

整個天花板滿滿地以趣味畫風呈現贊助廠商，有賣米的、有賣帽子的、有賣和服的，真的就是街頭鄰里一起出錢出力，才蓋出這座劇場。而且在大火燒燬後，又是一次地方上的共同投入。

往舞台後方走去，有一座小梯通往地下，木梯窄陡只有肩寬，十分神祕，而且地下，真的就是地下，竟有裸露的岩層，勉強鑽入的猴子張大嘴，為眼前景象驚嘆。

一個木頭製成的圓軸，周圍有長長延伸的木樁，看來就是可以人力轉動，帶動上方的舞台旋轉。

「找到了！這就是『轉動舞台八千代』！」猴子大喊，聲音在石室裡反射著，也許還可能會一路影響到一百年後，誰知道呢？

二十八

「什麼轉動啦？」

「你看這裡，人隱身在舞台下面，但轉動這個輪軸，就能讓舞台上的演員改變方向。」猴子站在輪軸旁解釋給傑克聽。

「噢，這張紙上面有寫。」傑克拿出一張導覽文宣。

「你怎麼有這個？」猴子一把搶過來看。

「你自己要走那麼快，剛剛那小姐給的呀。上面寫著《神劍闖江湖》在這裡拍喔。喝啊！……啊痛。」傑克做上段砍劈，但地下空間窄小，高頭大馬的他一舉手投足，馬上敲到天花板，也就是舞台底部，不禁扶著手哀號。

「我走錯方向了。」猴子突然有個想法。

「你剛剛講過了。」

「那個是走錯沒錯，但也因此才看到那間百年文具店。我是說，我覺得事情到現在，總讓我有種奇怪的感覺。你看，我在藥妝店找到呂欣如，只是因為麥可跟我形容一個穿紅大衣、紅高跟鞋的女生。」

「對，這個我也不懂，你怎麼知道去哪裡找到她？」

「是麥可說台灣人出國都會去藥妝店逛，叫我去碰運氣。熊本市的大型藥妝店都集中在那附近，大概台灣觀光客都會去那裡逛，共五家，我想說可以每天都去看看，沒想到，真的給我碰到了。」

「對呀，你們中文的那個什麼瞎貓咪碰上死老鼠，可是我一直在想死老鼠可別吃呀，說不定有毒，都死掉了可能是病死的——貓咪，don't eat!」傑克發表「死老鼠理論」，講得頭頭是道，在昏黃燈泡照耀下，顯得自信滿滿。

「你說得很棒，華文的諺語愈來愈好了，『瞎貓碰上死耗子』的意思是一時僥倖，不過我是不太相信僥倖的啦。我剛說我想錯方向，是說我可能誤會麥可的意思了。」

「啊，什麼意思？」

「是守株待兔，不是瞎貓碰上死耗子。」

「什麼意思？」

「你知道大谷翔平的狗嗎？」

「我知道，我知道，Dekopin。」

「對，大谷第一次介紹時有說，Dekopin是日語『彈額頭』的意思，不過，美國人不容易發音，所以也可以叫Decoy。」

「Decoy？」

「對，decoy，誘餌的意思。我就是『誘餌』，引誘呂欣如。麥可說台灣人喜歡去日本藥妝店，叫我去那邊逛，其實，真正的思考是呂欣如會這樣想，呂欣如會去那裡找我。我不是在守株待兔，**我就是那隻兔**。」

「猴子是兔子？成語太難，我不想學了。」傑克抱怨。

猴子沒理他，繼續說：「麥可一直覺得對方還有什麼想說，但沒有說出來。」

「那你現在知道她要說什麼了嗎？」傑克問。

「我不知道，但我現在很想知道呂欣如寫在留言本上的『轉動舞台八千代在你掌中』是什麼意思。」

「啊，就這個轉一轉呀。」傑克順手推了一下那輪軸延伸出來的木棍。「哇啊，真的可以轉耶。」

「那在舞台上的是誰？」

「在舞台上面的，當然是演員呀。」傑克回得很快，彷彿猴子很笨。

猴子若有所思：誰是檯面上的演員？為何呂欣如要留下這樣的謎語？

「怎樣？」傑克沒好氣地問。

「你去上面。」

「哪裡？」

「上面的舞台。」

「我不要，要幹麼？」

「你去啦，你上去，我在這裡轉。」

「可是，我比較想轉看看這個。」傑克一副躍躍欲試的樣子。

「好，你等我一下，我上去。」

猴子轉身，從剛下來的狹小木梯，弓著身，往上爬。空間狹小，得手腳並用，還要小心縮著身子，才不會讓頭撞到天花板。

好不容易，從地板往上探出頭時，突然有種豁然開朗的感覺。

踏上木質的舞台，走到正中央，可以看到那個圓形舞台，猴子彎腰在地板上敲了兩下。

一開始，沒有動靜，慢慢的，舞台開始旋轉，以一種極為緩慢的速度，愈來愈快，可以想像，底下的傑克又把這當成體能訓練的器材，用力在鍛鍊自己了。

但沒一會兒，突然，停下。

猴子因為慣性往前踉蹌了兩步，他正要念兩句，接著就聽到匆促的腳步聲，緊跟著慘叫聲「哎呦」，接著看到遠處地板探出一顆頭，十分有趣，簡直就像地上長出一顆高麗菜來。

「好痛！」

看著傑克從地板鑽出，一邊撫著腦袋，八成是急著爬上來撞到了頭。

「幹麼轉很快又突然停下來，害我跌倒，你要是正式演出這樣，就會被導演罵死！」猴子先聲奪人，先念了往他跑來的傑克。

「不是啦，有東西掉下來！」傑克摸著頭走過來，還繼續哇哇叫：「好痛！」

「被你那個頭撞到，這個古蹟才會受損。什麼東西掉下來？」

「我看不懂啊，就一張紙，從那個輪軸的縫隙掉下來，上面有一些人的名字。」傑克拿出一張米色紙張，原本應該是對折再對折的樣子。

「什麼啦，我看。」猴子伸手拿過來。

紙條上，都是人名，十多個人名。

都是民意代表。

二十九

圖書室裡有老鼠。

潔米聽到時大尖叫，堅持不願進去。所以，只有猴子和麥可在找。

前個傍晚，猴子獨自飛回台灣，傑克說他要繼續探索宮本武藏的世界，好追求更高層次的武術境界。雖然不太清楚是什麼意思，猴子也由著他去了。

麥可此刻聚精會神地仔細查看著圖書室裡的角落，一個書架一個書架巡過去，銳利的目光從鏡片後射出。

猴子同樣彎著腰，瞪著大眼睛，仔細查找。

室內的音樂聲極大，是邁爾士·戴維斯演奏的〈Never Loved Like This〉，悠揚的小號聲裡，兩人低頭彎腰，十分認真。

猴子停下動作，示意麥可過來看。

兩人對望，露出笑容。

◆

潔米從咖啡壺倒了些咖啡，喝了一口，大聲嘆氣。「呼，你們確定都找到了嗎？我們女生最討厭這種了。」

「應該都找過一輪了，不過你剛這句話違反性別平等的觀念耶，難道我們男生就不討厭嗎？」猴子抗議著，一邊舒展緊繃的腰部肌肉。「應該叫傑克來抓的，腰痠死了。」

麥可坐在一旁，看兩人對話，臉上掛著招牌微笑，但眉頭略皺，若有所思。猴子伸手拿起桌上一個黑色短小裝置，把玩著說：「這種『老鼠』算是比較先進的，可見他們真的有資源。」

「討厭死了，偷拍最噁心了啦！」潔米露出嫌惡表情，氣憤地罵著。

「我想說去熊本也沒幾個人知道，為什麼呂欣如會知道？我的手機定位資訊也只開放給你們啊，所以我就想，可能是圖書室被竊聽了。這種竊聽器很方便，可以雲端存取，所以呂欣如在日本也可以接收到，沒想到，『敵人就在本能寺』啊！」

麥可不發一語。

「她是哪時來裝的？」

「不知道，光我們知道她來有兩次，最近一次是一群人來，原先一次是她變身穿女裝來還書。」

「特地來還書的那次，我覺得比較奇怪，感覺有難言之隱。」麥可終於打破沉默。

「搞不好就是專程來裝這個也不一定，就算真的有話要說，也不說清楚。還把那個紙條藏在那個旋轉舞台的下面轉軸，要不是我們去轉它，根本就不會掉下來。這種溝通方式，根本就莫名其妙。要是我沒有去山鹿溫泉，沒有去那個八千代座劇場，沒有去轉那個旋轉舞台，那就不會發現了耶。呂欣如真的很怪。欸，麥可你怎麼了？」

麥可甩甩頭，勉強擠出笑容：「沒什麼，只是想起到以前被跟蹤，電話被竊聽的事。」

「你那時是警總還是調查局？」

「都有，他們幾個不同系統的，都在監控，互相也會搶功勞，我只是在想，一般監控，是為了嚇阻或得到情報，他們這個監控又是哪一種？」

「嚇阻是什麼意思？」

「就是讓你知道『老大哥我在看著你』，讓你不敢輕舉妄動。比方說，就直接站在你後面，跟你一起出門去開會，那你就不敢開會了，或者竊聽時，你可以清楚聽到有第三方的聲音，好嚇你。」麥可略帶沙啞的聲音說著，那是時間的砂礫感。

「那你會怕嗎？」猴子關心地問。

「稱不上怕，比較像煩。但我知道有些前輩很大度量，還會嘘寒問暖，叫對方衣服穿多一些，請對方來家裡吃飯。彭明敏就是這樣。」

「後來，他就逃出去了，哈哈，他都逃掉一個月了，那些特務還不知道，繼續報餐費、差旅費，去外縣市出差。」猴子笑著說。

潔米好奇：「我不懂，你說人都跑掉了，怎麼會去外縣市？」

「就報假帳啊，他們平常跟監就都在浮報差旅費，中飽私囊，或者就一群人去餐廳吃吃喝喝，工作日誌寫『跟蹤彭明敏到某大餐廳』，然後吃飯點菜跟餐廳拿收據報公帳，也沒人敢告發他們。直到後來發現，報帳的那個時間點，彭明敏早就逃出台灣了。」

「哈哈哈，活該。」潔米臉上沒有表情。

麥可笑了，接著正色：「但我現在想不出來他們要阻止我們做什麼，所以回到監視的本質——我們擁有什麼情報，是我們自己不知道，但他們在意的？」

三人安靜下來，空間中只有音樂聲，邁爾斯正和幾組樂手以電子即興方式演奏著〈Star on Cicely〉。電吉他自由奔放地和小號對話著，加上電子鍵盤，似乎像三方通話，這給了麥可一個靈感。

「你之前說有兩個日本假警察，他們曾提到呂欣如可能要叛逃。」麥可問猴子，同時摘下眼鏡，以眼鏡布擦拭著。

「喔，你說本田先生啊，我感覺他好像也還搞不清楚，抓住我似乎就是想知道些什麼，但又沒有真的問到，感覺他也是在混亂裡。他是有提呂欣如的『上面』，中國那邊的高官涉貪落馬了。」

「你說呂欣如有身分認同的問題？」

「不只她啦，我看全台灣的人都有身分認同問題呀！」

麥可微笑表示認同，同時陷入思考。

「紙條的人名，我再看一下。」麥可伸手跟猴子拿。

猴子拿出紙條給麥可後，坐回原位。「只有人名也沒用啊，根本不知道什麼意思。我是想到他說，他們會買假帳號幫羅馬尼亞的候選人，製造網路聲量。」

麥可看了看紙條，想了一會兒：「你知道，在台灣選舉，很耗費資源。」

猴子拿回紙條：「所以呢？那個呂欣如真的滿怪的，又要找我們，又不說要幹麼，然後給了東西，只有一些人名，又有什麼用？行為真的很矛盾耶。」

麥可揚起了一邊眉毛：「你剛說什麼？」

「我說她很怪啦，怪里怪氣的，等一下，我不是說男扮女裝奇怪，那是個人對外貌的選擇，我絕對尊重，我只是覺得她好像一下A，一下B的，很奇怪，很矛盾。」

「對！矛盾，就是矛盾！」麥可難得講話比較激動，兩人不明所以望著他。

三十

「『矛盾』是我們可以著眼使力的地方。外交實務中常常有些特別的實例，就是當非A即B的僵局發生時，有可能最後不是偏向A方或B方的解決手段，而是第三方。」

猴子義正辭嚴地學麥可那天說話，但緊跟著有個怪聲怪氣的聲音傳來：「矛盾是我們可以著眼使力的地方……」那聲音又尖又扁，像小孩子一樣。

越過他的肩膀往前看，原來桌上有隻黑色小熊玩偶，猴子正對著那熊演講，而小熊有錄音功能會自動播放，重複對方說的話。是猴子在熊本買的小玩偶。

「可是……」

「可是……」小熊以可笑的聲音說。

「我不知道他在說什麼東西。」猴子下了結論。

「……什麼東西。」聲音辨識有些不清楚，只有重複最後一句。

猴子覺得好笑，又再講了一次：「什麼東西！」罵人一般的語氣。

「什麼東西！」小熊也跟著罵人。

猴子玩得開心，一直重複，突然他靈光一閃，喊了出來。

「欸？什麼東西！」

「欸？什麼東西！」桌上的玩偶也重複喊著。

「『轉動舞台八千代　在你掌中』……」猴子想起呂欣如在留言本寫的句子，不自主念了出來。他有了個想法。接著，他打開筆記型電腦，開始認真工作。

小熊在旁邊立著，一臉笑意，好像溫柔地看顧他。

窗外的天空由亮到暗，再度亮起時，他已經累到趴在桌上睡著。

◆

接下來，事件的發展變得快速。

凱洛作為辯護律師，和檢方達成了協議，讓傑克主動回台，協助調查，並請檢方考量基哥為惡行重大的幫派分子，糾集眾人，手持球棒鐵棍等凶器，無故闖入圖書室，對傑克造成立即的生命危險，且在那當下已造成圖書室大量財物損失。傑克為保護自身安全，在寡不敵眾下勉強出手為自衛行為。雖然造成陳天基後續住院後血栓死亡，但可望在起訴時由檢察官說明，有機會判處緩刑，甚至爭取到不起訴或緩起訴。

凱洛也思考找陳天基的家屬和解，但始終沒碰上面，只知道妻子帶著女兒出國。

再後來，對方傳來了一紙和解同意書，說不想再追究，接著，就失去聯絡。似乎連家都搬走，到國外去開始新生活了。

對方回覆速度之快，令凱洛驚訝，當然也讓消息與檢察官同步，希望盡快讓案件落幕。

但沒想到，事件峰迴路轉，且是發生在傑克回台後的偵查庭上。

◆

檢察官呂昭邑確認完傑克的基本資料後，詢問傑克當天圖書室的狀況。傑克盡力配合，雖然配合的方式讓凱洛直搖頭。

「……我用眼角餘光掃描，空間裡的對手，人數多，有極高的敵意，從肌肉緊繃的程度和他們手持武器的姿勢，判斷他們多數為非專業武裝人員，譬如球棒揮擊動作極大，而這會產生極大的防守破綻……」

「抱歉，證人可以描述得口語一些嗎？」檢察官的聲音透露著好奇。

辯護律師凱洛對傑克的回答直翻白眼。明明辯護策略是要強調對方的人多勢眾，怎麼傑克變成在說對方多不專業？但來不及了，傑克已經站起身，興奮地開始示範了。

傑克在桌上搜尋著，一時之間找不到類似長度的工具，於是拿起桌上卷宗捲起來就要揮動。凱洛狀似忍耐地閉上眼，手握緊拳頭。

「注意了，從近身格鬥的角度而言，當你像這樣子轉身揮棒……」傑克從座位上拉起凱洛帶來的男助理，把卷宗交給他，請他擺出棒球揮棒打擊的姿勢。

「你看，他的頭這樣伸出來，就是毫無防備，要給我打的。」

傑克左手突然揮起，打出一記刺拳，男助理的眼鏡被輕觸了一下，嚇得眼睛緊閉。

「再來，就算我不動手打他，只要輕輕碰他，他的身體重心在轉動的狀態下，非常不穩，你看……」

傑克突然猛力用自己的肩膀靠上去，碰的一聲，助理飛出，撞到一旁木桌。

「打棒球和打格鬥很不一樣，他們很不專業。」傑克把驚魂未定的男助理扶起，接著把桌子排好，還向一旁嚴肅瞪視的法警眨眨眼。

凱洛再度翻白眼。

「照你這樣說的話，他們是非專業人士。那請問你是專業人士嗎？」檢察官呂昭邑忍著笑問。

「應該算是吧。」

「怎麼說呢？」

「我有一些training啦。」

「像什麼呢？」

「空手道黑帶、巴西柔術黑道、Krav Maga種子教官，自由搏擊也有一些成績……啊，怎樣？」傑克低頭，看到凱洛在拉他的衣服下襬，示意他不要再多說。

傑克繼續講：「世界盃一次冠軍，兩次亞軍。有一次是因為我腸胃炎，又不能延賽，說什麼票都賣出去了……」

檢察官微笑：「所以你覺得你一個人可以對抗幾位非專業人士？」

「四、五個吧，當然也要看他們的體型大小。」

「那以那天的狀況呢？」

「我認為是六個，但兵法書說料敵從寬，我覺得抓五個比較保守。」

「所以，你們算勢均力敵。」

「保守一點的話。」

「我了解了，所以你以原子筆刺傷對方脖子的目的，是要殺死他嗎？」

「沒有，我是要製造震懾對方戰略目標，讓其他武裝人員失去戰鬥意志，快速化解衝突，這是近距離接戰的首要目標。」

檢察官挑了一下眉毛。「你有軍隊服役經驗？」

「呼哈！」傑克忽然大喊，室內所有人嚇一大跳，驚訝地望著他。

「Oorah！是海軍陸戰隊的喊聲啦，我是Marine，後來轉到海豹三年。」

「海豹？」

「United States Navy Sea, Air and Land Teams，簡稱SEAL，就是海豹，美國海軍三棲特種部隊的意思。」傑克站著直挺挺的，帶著點驕傲。

「好，我接著跟你大致說明醫學報告的部分。」

「好，可是我華語不夠好，希望不要太難。」

「沒問題，可以請辯護律師協助說明。那個，麻煩投影一下那份報告，我逐項念給你聽。」

接著，傑克安分地坐下，聽檢察官報告，一共十五頁，他專心地聽，不斷點頭，示意理解。

檢察官整個說完，畫面停留在總結死因，談到血栓造成生命徵候危急，經搶救後無效。

檢察官客氣地問：「請問有沒有什麼地方是不清楚的？」

凱洛也轉頭看向傑克。

傑克站起身，回答：「大致上我都理解，只有一個地方，不太懂，可以幫我跳到第二頁嗎？」

書記官操作電腦，投影幕上出現大大的照片，是死者閉著眼安息的照片，一旁寫著姓名：「陳天基」。

現場所有人看了投影幕後，好奇看向傑克。

「好，謝謝，就是這裡。剛剛說的我都聽得懂，我只有一個問題……」傑克停了一拍，轉動圓滾滾的大眼說：

「這個人，是誰？」

三十一

「後來呢？」猴子問。

「法庭上就一陣騷動啊，大家就開始翻資料，我說我不知道基哥長怎樣，但我刺到的人不是長那樣。而且我刺的位置根本就不會死人，比較像把酒吧那個射飛鏢插在上面而已，基本上，它離主要的血管很遠，再說……」傑克又開始把話題帶遠。

「等一下，先不要說解剖學的事啦。」猴子打斷又要仔細談武術的傑克：「重點是，那個人是誰？」

「現在就不知道啊，他們回頭看，就不是那個什麼基哥。」

「怎麼會這樣？」

「我說明一下，這些細節，傑克可能沒那些熟悉。陳天基是在醫院死亡，由值班醫師宣告，他的工作是確認生命狀態，患者也確實死亡了，之後就依照一般處理後事的程序，送到殯儀館的冷凍櫃。」凱洛以律師口吻有條理地說明。

「到這邊都只是一般人因病身故，再普通不過。但後來有人報案，在電話中說這個人在之前被刺傷，不單純是病死，警方才開始查。在這之前，基哥受傷並沒有報警，也就是說沒有案子。」凱洛解釋。

「黑道尋仇，受傷後報警，應該算很丟臉吧？」傑克半嘲笑地說。

「那屍體是在殯儀館被調包的嗎？」

「可能性不高，因為他們現在回頭問宣告死亡的醫生，他現場宣告死亡的確實是這位無名氏。」

「等一下，意思是住院的人換了，怎麼可能這樣？」

「醫院的解釋是，醫療現場人力不足，夜班護理師一個人要顧很多床，無法記住所有人長相，加上那個基哥受的傷在頸部，頭部有大量繃帶包紮，也影響外形的辨識。」

「什麼啦，這也太誇張了。」猴子不滿地回答。

「我覺得是滿合理的啦，那只是一家中型地方醫院，那個病患的狀況也很單純，然後護理人員大缺人也是事實，光忙都忙不過來，怎麼可能確認病患長相？重點是他們的工作是救人，不是防止犯罪。」

「我覺得問題比較大的是家屬吧。」麥可放下手上的咖啡杯，點出了問題點。

「醫院負責照顧病患，但後來人走了，家屬一定有來看，有確認身分。」

「對噢，基哥的老婆指認一個不是自己先生的死亡，她一定知道。難怪，現在，那一家人都不見了。」

「重點是這個基哥為什麼要**詐死**？大費周章弄一個人來代替他死，表示有什麼事逼得他要隱姓埋名下半輩子。」麥可下了個初步結論：「不知道他在躲誰？」

「可是，基哥詐死的事情已經曝光了，我怕他還是會來找麻煩，你知道人被逼急了，什麼事都幹得出來，你們兩個這段時間給我小心一點！」猴子擔心起麥可的安全，不忘叮嚀傑克和潔米。

「Sir! Yes, sir!」傑克邊大喊，邊原地立正稍息，如同在軍中一般。

「所以，傑克現在沒事了？」潔米再次確認。

「沒事了，檢察官已經通知我，沒有案子了。現在不知道那位無名氏是誰，在密告電話進來前就已經火化，後來也環保葬了。只靠張照片也很難追查身分，唉，可憐。不過，總之，基哥沒死，傑克沒事。」凱洛拍拍手，起身。

「他死，也不關我事，壞蛋！」傑克帶點怒氣說。

「真是，我還以為我以後要去探監了，真是傻人有傻福呀。」潔米伸了個懶腰。

「誰傻？你才傻！」

在二傻互嗆聲中，凱洛走向圖書室大門，麥可從一旁的衣帽架上取下大衣。凱洛自然地轉身，讓麥可替她披上，還順手幫她把肩上的線頭拿掉，接著變魔術般地從身上拿出一本輕薄的小書，遞給了凱洛。

凱洛看了一眼書的封面，露出甜甜的笑。

兩人對望，頷首，道別。

這一切全看在猴子眼中，他坐在正打鬧的雙胞胎旁邊，但吵雜聲似乎被抽掉了，他只看到自玻璃門外射入的金黃色陽光，灑在麥可和凱洛身上。好美，他無聲地說著。

那本書，是聶魯達的《愛的十四行詩》吧？

三十二

傑克爬上木梯高處，擦拭著書架上方，嘴裡叨念：「誰會看這裡啦，幹麼擦，真麻煩……」

「欸，你不在的時候都我在擦，你才擦一下就叫叫叫，等一下我跟麥可說喔。」潔米擦著桌子，頭也不回地教訓傑克。

「拜託你去說，你去說呀……」

「好，我等一下就跟麥可說。」

「說什麼？」麥可的聲音傳來。

傑克轉頭看，麥可正從門外進來，仰頭望向站在梯上的傑克。

「說……說我有多愛乾淨。」傑克急中生智，胡謅了一句。

「你也愛乾淨呀？那很好，其實很多時候愛乾淨會讓人神清氣爽，像大谷翔平撿球場垃圾，因為他覺得比賽除了靠實力外，有時也靠運氣，你對環境好，環境也會對你好。你一定常常感受到。」

「對呀，對呀，我也這樣覺得。」傑克頻頻點頭。

潔米做出噁心想吐的表情，傑克看到，趁麥可轉身走向櫃檯，把手上抹布丟向潔米。潔米一個閃躲，快速出手擊落。

「麥可！你看他亂丟！」潔米立刻告狀。

「我只是要麻煩你幫忙洗一下抹布啦。」

「把髒東西洗乾淨很療癒哦，要不要試試看呀？」麥可柔性勸導：「我來煮咖啡，洗完擦完正好神清氣爽地喝咖啡。」

「耶！」傑克縱身一跳，即將輕盈落地時，潔米右腳一碰，地上的水桶橫移；眼看傑克就要掉入陷阱，一腳踩進水桶，傑克硬是用核心的力量，挺腰，改變方向，前滾翻後落地。

「你看她啦！害我差點掉到水桶裡……」傑克向麥可抱怨。

沒想到，麥可拍手：「這個動作我給十分，你們默契十足，搭配得真好！好啦，可以收拾一下了，今天有客人預約。」

「預約來圖書室？」潔米好奇地問，把手上抹布折起。

「對呀，凱洛介紹的。」

「Burpee，預備，開始！」潔米突然喊。

傑克彷彿觸電般，立刻趴下。接著照著指令，快速地起身、跳躍，再趴下。

「你看，很好玩，要不要試試看？」潔米聲音有笑意，但臉上無笑容地對麥可說。

「先不用，看起來好累。」

「不是啦，我是說下指令，這個人已經被制約了。」潔米說明：「他以前去軍隊，特種部隊特別要求服從……」

麥可不為所動，倒是眉頭微皺，似乎在思考著。

「二八，呼……二九，呼……呼……呼，拜託，我是順便鍛鍊，training 一下，好不好。」傑克氣喘吁吁地邊做邊說話。

震動聲傳來，麥可自桌上拿起手機。

傑克從地上一躍而起，雙手拍掌：「吼，抓到了，麥可在滑手機，你不是說我們打掃完要請我們喝咖啡，都騙人。」

看著手機螢幕的麥可，一臉凝重。

「怎麼了？」潔米看到麥可的表情，擔心地問。

「猴子說，日本警方在海邊找到疑似呂欣如的屍體。」

「啊，死了？怎麼死的？」傑克急著追問。

「詳細情況猴子也不清楚。」麥可安靜地放下手機，拿起熱水壺裝水，準備煮咖啡。他的動作緩慢仔細，彷若是種悼念的儀式。

麥可按下咖啡壺的煮水開關後，走向黑膠唱機，換了張唱片。

流瀉而出的是，邁爾士·戴維斯的爵士樂〈Blue in Green〉，整個空間，似乎都凝重了起來。

只有傑克穩定而規律的呼吸聲，不時傳出，他繼續認真地趴在地上做著體能訓練，上下起伏。似乎想以運動趕走一些低迷的氣氛。

突然間，門開，一隻腳踏入，是雙運動鞋。

傑克順著鞋抬頭往上看，是個著運動服的女生，頭上綁著黑人辮子頭，滿不在乎的神情。

「你們館長在嗎？」女生朝地上的傑克問，口氣不佳，感覺是來踢館的。

來者不善，善者不來，傑克想起之前在武俠小說裡讀到的，腎上腺素開始分泌，趴在地上的他，肌肉收縮，進入接戰狀態。

傑克瞬間自地面跳起，站在女子面前，足足高出一個頭，他手指在身後比暗號，示意潔米帶麥可走避，同時不客氣地回話：「我們是圖書室，不是圖書館。

要找館長的話，可能要去網路上找比較快。」

女子瞪著傑克看，嘲諷地說：「那你在地板上幹麼，擦地板噢？」

「對呀，我愛乾淨，擦地板是我的興趣，你如果沒有要借書，就不要擋在這，影響我擦地板。」

「可是，我有預約喔。」女子不屑地擺頭，辮子跟著甩動，掃向傑克；傑克臉一閃，伸手就要朝對方肩部以手刀砍劈。

「等一下！你有預約啊？」麥可的聲音從後面櫃檯下方傳來，聲音悶悶的。

「吼喲，潔米你幹麼讓麥可出聲啦！這樣我在前面講半天有什麼用？」傑克轉身抱怨。

「我有什麼辦法，嘴巴長在人家身上！」潔米從櫃檯下方緩緩站起身。

「你不會摀住他的嘴巴喔？」傑克埋怨，但仍留意讓自己擋在櫃檯前。

翻白眼的潔米，手往下，從櫃檯下方慢慢拉起麥可。

麥可上半身已被潔米穿上深藍色的防彈衣，連安全帽都戴上了，難怪講話聲音悶悶的。

「麥可叔叔，凱洛阿姨叫我來找你的！」那女子邊大喊邊衝向前。

傑克看女子來勢洶洶，出右手右腿擋住對方去路。這是八極拳的重要招式。

過去總統的護衛都得勤練，好保護元首避免遇刺，也是傑克來台後拜了位前玉山警衛室的老先生學的。

這招去勢剛猛，屬於外家功夫，唯一的缺點是使了出來就很難收回力道。尤其若對方也有個前進的動能，就會像汽車對撞般，讓對方受傷慘重。

潔米在後一看，脫口而出「糟糕」，擔心傑克又要傷人、惹上麻煩了。

沒想到，女子肩膀一縮，宛如馬戲表演的跳火圈，從傑克的手臂和橫伸而出的大腿之間穿了過去，落地之後，還順勢滾翻；接著兩腿在半空中大幅度旋轉，在地上轉了個大車輪，力量極猛，連傑克也不自主退兩步。

「好厲害的地板動作！」潔米忍不住讚嘆，戴著安全帽的麥可也跟著拍手。雖然戴著安全帽看起來有點詭異。

「麥可叔叔，還記得我嗎？小露西！」女子轉身，甩了一下辮子頭。

「本來不確定，看你在地上轉，立刻想起來了。跟大家介紹一下，這位是街舞冠軍小露西。」

此時，邁爾士．戴維斯的現場演奏剛好告一段落，響起了現場觀眾的掌聲，彷彿在歡迎小露西的登場。

重逢很迷人，但其實也是告別的開始。

三十三

後來，四人端著咖啡坐下，咖啡還是小露西手沖的，因為她帶了款豆子來。

「這咖啡好香，露西姊姊，謝謝你給我們喝這麼好喝的咖啡。」潔米聲音甜美，但臉上沒有笑容向露西道謝。

露西雖然感到奇怪，但依舊回：「這是瓜地馬拉的花神，我剛好前一陣子去過。味道還可以吧？很久以前我要考試、讀書的時候，麥可會沖咖啡給我喝。」

麥可微微笑，但感覺得到他似乎非常開心，儘管沒有說出口，但每個細胞都很高興小露西的到來。

「這次回來幾天？」麥可慈祥地問。

「不確定耶，因為是出差，事情搞定後才能走。」

「太好了，那你要儘量常來找我們哦。」潔米說完以一種小妹妹傾慕的態度望著。

「我聽凱洛阿姨說之前有些小風波，都沒事了吧？」小露西沒有答應潔米，卻把話題帶向另一處。

「沒問題啦，他們再來，也是一樣，我可以處理。」傑克自信滿滿回答，想在成熟女性前有點樣子。

「就是你處理才有風波。」潔米立刻拆台。

「哪有，根本就沒有怎樣，是醫院搞錯了，笨蛋。」傑克氣憤的模樣宛如在老師面前求讚美不得的小孩。

「醫生也沒錯啊，他負責救人，又不負責調查。」潔米繼續追擊。

「我是說你笨蛋。」傑克耍幼稚，拿起桌上的咖啡杯墊要丟。

潔米俐落閃身，到露西身後，露西露出微笑，傑克收手。

「你才笨蛋！對不對？露西姊姊。」

「麥可沒事就好，那一票人現在到底去哪裡了？」露西關心地問。

「基哥詐死逃脫後，就不知道了，怕躲在暗處，又在謀畫些什麼。我們先按兵不動，靜觀其變，猴子董事長是這樣說啦。」

「猴子董事長？」露西很感興趣，臉上淺淺地笑。

「小孫現在外號『猴子』，做得不錯，不過有點愛管閒事。」麥可好像在親戚面前講自己小孩，既自豪又怕高調。

「小孫，哈哈哈。」傑克聽到這外號，感到新奇。

「小孫以前也很會跳舞哦，我本來以為他會走這條路呢。」小露西的神情，似乎懷念起從前。

「真的假的，猴子會跳舞？猴子舞嗎？」傑克取笑的同時，手臂在上頭高舉擺動著，像猴子振臂揮舞。

「你小心喔，以前有個漢人這樣嘲笑他，被他揍得半死，那個漢人塊頭很大，但最後一直哭說『山地同胞怎麼這樣？我們是同胞啊，嗚嗚……』真的很好笑。」露西講起猴子，充滿了情感。

「你回來之後，見到小孫了嗎？」麥可的語氣滿是長輩的疼愛。

「沒有啦，事情多也不知道排不排得出時間。而且，我當然先來看麥可叔叔你呀。」

麥可笑而不答。

「等一下，我怎麼感覺到有些粉紅泡泡。露西姊姊，你和猴子在一起過嗎？」潔米即刻追問，彷彿嗅覺敏銳的獵犬。

「沒有啦，頂多是安達充的運動漫畫等級，我們都喜歡跳舞，這樣而已。」

「安達充是什麼？」潔米困惑地望向露西。

「漫畫家啊，你們年紀小沒看過，但是《H2好逑雙物語》超好看，講拳擊的《命運交叉點》也很好看喔！麥可，我看你這圖書室要擴增館藏了，這兩套應該要收呀。」

麥可一直微笑，但感覺是在心裡記下了。

「那你工作如何？順利嗎？」麥可露出慈愛的目光。

「公務員嘛，馬馬虎虎，逆來順受。你也知道美國政府就那樣，不過，我可不會能混就混，能撈就撈。」

「欸，姊姊，我們可以自拍嗎？我傳給猴子董事長看。」潔米拿出手機來，年輕人就是愛自拍。

「喔，可以呀，但要等我去補妝完再拍，免得嚇到人。」

「哪會，姊姊你那麼漂亮。」

「唉喲，麥可你要定期量血糖哦，每天跟嘴這麼甜的在一起，可能會血糖過高喔。」

「有，潔米會陪我去醫院定期檢查。」

露西點點頭，關心地問：「都好嗎？」

「很好，沒問題。」麥可的聲音充滿信心。

「我怎麼覺得麥可遇到露西，特別有精神啊？」傑克的白目，真不是蓋的。

麥可轉移了話題：「露西，等一下有空嗎？我請凱洛、猴子一起來吃飯，大家聚一聚，難得。」麥可一臉期盼。

「好呀！我最喜歡吃飯了！」傑克高興地拍手。

「又沒人問你。」潔米馬上回嘴。

露西一臉燦爛笑容：「哇！我超想要的，麥可叔叔，可是，等一下我還要開會，身不由己呀，下次，下次我來請客。」

麥可嘴裡說好，但表情難掩失望，一旁傑克還在鬧：「請客！請客！」

「你白痴喔，人家是說下次。」潔米罵。

吵鬧聲中，麥可望向小露西，露西似乎察覺到麥可的憂傷，伸出手，拍拍麥可的手背，如同女兒般。

三十四

呂欣如的死，等於留下一堆未解的謎團。

連她的死因，日本警方也以查無不明結束調查，畢竟，從海裡撈起的遺體損壞嚴重，許多線索也隨著海水消逝了。

是自殺還是他殺？大概也不容易調查了。猴子想到那兩個假日本公安刑警，他們下手會這麼狠嗎？或者，那也就只是個不得不然的任務？

想到呂欣如那一臉愁容，猴子就難受。

不，他自己知道，難受是因為麥可會難受。

麥可似乎一直很想救這個年輕人，知道對方有了難得的戀人卻以不幸收尾，連死因都帶著點羞辱意味，總是籠罩在一種身不由己的迷霧裡，一層層地掀去後，看得清楚自己嗎？

麥可說，那孩子一直在求救。

猴子可以理解麥可的無力感。那就好像在球場上面對一顆高飛球，當球擦過手套落地形成漏接時，會比你遠遠看著那球落地，讓人更加感到不捨。可以接到，但沒接到。

安慰麥可是無效的，能為他做的，就只有找到真相了。但能動用的資源那麼少，猴子只會自己會的。

◆

生命總在轉角處嘲笑著，你只能選擇跟著一起笑，或者被笑。

猴子忘記自己在哪一本小說裡讀到；但總之，他笑了，在凌晨四點半。

雖然他這樣解釋，不過，因為是凌晨四點半，身旁一個人也沒有，所以對著電腦傻笑的他，看起來十分詭異。

終於解開檔案的他，立刻就出門去機場，大清早，天還沒亮的清晨，當下沒人。

他披著大衣在機場外的椅子補眠。晨起要去運動的老人經過，當他是流浪漢，投以同情的目光。

「猴子董事長！」傑克突來的大聲量，簡直就是自帶麥克風。

猴子勉強睜開眼睛，面前是傑克的臉占滿了整個視野。「你幹麼？恐怖片噢？」他嚇得大叫。

「你才幹麼？流浪漢噢？是不是被女朋友趕出來，啊不對，我忘記了，你沒有女朋友，你前女友在美國，哈哈。」傑克得意洋洋，神采奕奕的他，完全看不出是一個小時前才被猴子打電話叫出來的樣子，果然是特種部隊退役的，永遠準備出任務。

「你小聲一點，前女友？誰？」猴子看機場櫃檯似乎已經開放，從椅上起身，兩人邊談邊走進機場內。

「露西呀，還是我應該叫小露西阿姨？」

「你如果小聲一點，可以降低環境噪音，我睡眠不足，受不了。」

「欸，你還閃躲喔？面對攻擊，閃躲是防禦的第一選擇，你閃躲動作做得很好哦。」

「什麼啦，小露西？很久不見了，聽說她在美國，之前讀法律，不知道後來做什麼，你怎麼知道她？」

「不告訴你。你假裝沒什麼，但我從你的目光感受到，那個叫什麼……啊，心靈的悸動！你故意裝作沒什麼，想從我身上拿到情報，但情報是有價的。」

「神經病，不想說就不要說啊。」

猴子想起當年小露西舞動的動感身影，刻意別過頭，看向遠處的路口。

傑克還在那裡唱著歌：「噢，露西～噢！露西～」手放在腹部，自以為是男高音。

猴子打斷他：「沒有啦，我是要跟你們說一件事，我解出來了！」

「真的噢？大解還是小解？那天麥可才教過我，大解是大便哦！」傑克炫耀著自己的文學底蘊。

「算是大解喔！不是，麥可教你這個幹麼？」

「我看小說裡頭寫小解，我看不懂問他的。」

「喔，我想給麥可看我的大解。」

「好噁心！我不想看。」

「你知道這個嗎？」猴子拿出一個黑熊玩偶。

「知道啊，你在日本買的。」

「你聽！」猴子手拿著小黑熊大聲說「什麼東西！」，小黑熊立刻重複：「什麼東西！」

「幹麼啦，突然那麼大聲！」傑克抱怨在他耳邊發出聲音的小黑熊。

「那麼大聲！」小黑熊重複。

猴子微微笑：「有時候，生命在轉角嘲笑我們，那麼明顯卻看不出來。」

「看不出來！」小黑熊說。

「可以先關掉嗎？它很吵！」傑克難得覺得別人吵，平常都他在吵。

「好啦，好啦。來……」猴子又對小熊大叫：「什麼東西！」

「什麼東西！」小熊大叫。

猴子滿意地關掉小熊身上的開關，接著開始說：「麥可那天說，『基哥幹麼要詐死？』我想不出來。但我發現這隻熊說了一句：『什麼東西！』但事實上，我那時說的是『我不知道他在說什麼東西』，然而小熊的錄音設備只有錄到後面那句『什麼東西』，變成好像在罵人。」猴子緩緩說明。

「你可以不要再講『什麼東西』了嗎？說快一點，我都想罵人了。」

「你記得呂欣如寫的『轉動舞台八千代　在你掌中』嗎？她的意思就是字面上的意思。」

「什麼啦？」

「可以轉動舞台上的那個**什麼東西**，已經在我們手裡了。」

「有嗎？」

「你記得最早是那個李律師來找麥可，後來放了個冷錢包在這裡，對不對？」

「對呀，冷錢包。那冷錢包呢？」

「很早就交出去給檢警了。重點來了，你知道冷錢包是幹麼的嗎？」

「不是放虛擬貨幣嗎？」

「嚴格說起來，不是，冷錢包是用來存虛擬貨幣沒錯，但貨幣帳戶基本上在網路上，冷錢包存有開啟帳戶的密碼。但冷錢包弄丟了其實沒關係，你只要買相同的冷錢包再輸入助記詞，就能得到密碼了。換句話說，**那個冷錢包一點也不重要**。這也是當初人們設計冷錢包的目的，就算弄丟了，也不會影響虛擬貨幣帳戶本身。」

「可是，他們來圖書室要冷錢包呀！」

「對，我一直想不透。直到那句『什麼東西』。」

「又是什麼東西！」

「對，我問自己，冷錢包是什麼東西。」

「我聽得好累，你剛剛自己不是已經解釋一遍冷錢包是什麼東西了。」

「好啦，當事情難以理解，就回到最基本的問題。冷錢包是用來存虛擬貨幣的隨身碟。既然是隨身碟，就能存資料，只是因為大家之前一直說是冷錢包，就覺得要有助記詞，才能開啟虛擬貨幣帳戶。」

「你的意思是，他們故意說冷錢包掉了，要找冷錢包。那拿到的人就會把它當作冷錢包而已，不會多想，怎麼可能？」

「怎麼不可能？只要再跟你說這是六億元的冷錢包，你不就更只會想到錢了？結果，也真的這樣。」

「對耶，因為是冷錢包，就讓人會立即想到要有助記詞，沒助記詞就也沒用。而且，也會覺得有助記詞的人，可以隨時領走，因此覺得這冷錢包一點用也沒有。」

「對，我就是這樣想，才會在後來交出去呀，無用的冷錢包，但卻是有用的隨身碟。」

「那怎麼辦？現在也拿不回來了。」傑克扼腕，握拳打在自己左手掌：「裡面可能有存什麼東西，他們才那麼緊張，急著要拿回去。」

「還好，我有個壞習慣。」

「什麼？」

「我小的時候沒有錢。」

「然後呢？」

「沒有錢買，所以什麼東西都靠下載的，後來就算沒興趣的，都先複製下載再說。」

「你的意思是，你複製了？」

「嗯。」

「然後呢？」

「它藏在一個一般不太會留意的地方，而且檔案很小。」

傑克露出失望的表情：「我還以為是什麼影片檔，沒有錢會下載的那種，不雅影片嗎？你們老人的說法。」

「不是那種，而且，你知道它有加密。」

「啊，那你解得開嗎？」

「你知道，我是做哪一行的？」

「快點說啦。」

「你聽過『石首魚』嗎？」

三十五

「石首魚？」

「我也沒聽過，總之裡面有個excel檔，有時間金額，都超大筆，感覺是超大的海鮮生意，可是我查過同時期台灣出口到中國的官方資料，應該沒有這些交易。」

「所以是走私？」

「不知道耶，最怪的是單價。一公斤兩百五十萬元。」

「什麼？石首魚是什麼魚？我看是毒品吧！」

「所以，我才找你陪我去金門看看。」

◆

猴子發現檔案裡有個頻繁出現的店家名字，查了一下，位在金門。

直覺上，應該不容易找到什麼，但總覺得要走一趟才會知道。

一小時的飛機，很快就到了這個過去的前線，走出機場後，真的感覺到和台灣的氣氛明顯不同。

猴子和傑克從機場外搭了計程車，到了地址上的地方，但鐵門深鎖，看起來就是民宅，沒有任何招牌。誰會知道這裡有大筆的金錢進出呢？

按了電鈴，也沒有人應答。貌似虛設的行號。

空氣很糟，不知道是不是境外來的霧霾？飛機起飛前就聽到隔壁的旅客憂心地討論著，怕飛機停飛。

好不容易到了，卻又撲空。難道只是紙上公司？猴子心裡納悶。

「都沒有人在。」傑克在原地伸展著上身肌肉，拉著筋。

「我在想這裡會不會是假的？」猴子說出心裡的想法。

「跟詐騙有關的，都是假的。」

「只有假的是真的。」

「好無聊噢，不過我第一次來金門耶，接著要去哪裡？」

「我也不知道，對這裡完全不熟。」

「我肚子餓了。」

「我看附近有什麼可以吃的。」猴子拿出手機查找到當地推薦的美食。

「肉羹麵可以嗎？」

兩人邁開腳步，走在街上，一會兒就看到那巨大鐵皮的臨時市場。

猴子點了兩碗肉羹麵，還切了一些滷味，坐在位子上，面對著粉紅色的桌布，想著心裡的疑問。

「我覺得，都是詐騙。」

「啊，你說這個麵嗎？」

「不是，這個還ＯＫ啦，說是必吃美食耶。我說的是，這整個發生的事。」

「噢，怎麼說？」

「你看，呂欣如騙自己是女生，或者說，其他人不願意接受真實的她，不也是一種騙嗎？基哥連死掉也在騙，這個石首魚的買賣也是。以前的政府騙大家要反攻大陸，你看這裡有反攻大陸的感覺嗎？這也是詐騙。」

「騙來騙去，騙騙騙。」傑克滿不在乎地大口吃麵。

鄰桌有三個男子，也正唏哩呼嚕地吃著麵。聽口音，不是台灣人，似乎聊著等等就要搭船回去了。

仔細看，桌子底下，有幾個登機箱大小的行李。應該是到金門觀光的中國人。

猴子起身，先找麵攤老闆娘結帳，再走到門外叫計程車，打電話講了地點，在臨時市場外的路邊等候。

「幹麼那麼急啊？趕時間嗎？我湯沒喝完。」傑克跟在一旁小小抱怨。

「我想要早點去嘛。」

「啊？」傑克納悶，但沒有多問。

車來的時候，那三個男子也正好拉著行李走出，目送猴子他們上車。

一個平頭男子緊盯著猴子，望著猴子的車開走。

路上，顧忌司機聽到，猴子沒有多說，使個眼色給傑克，傑克立刻會意，看向窗外。

水頭碼頭，七、八分鐘車程就到了。

新穎的建築，帶著斜面的外觀，從側面看起來有點像船的造型，十分特別。

下了車，猴子和傑克進到裡頭逛，拿著行李的旅客不少。

「要幹麼？」傑克問。

「看一看。」

「你要過去那邊嗎？」

「沒有啦，我只是想要逛一逛。」

「你想要比他們先到，好假裝沒有在跟他們？」傑克確認一下。

「對。」猴子微微一笑。這種事傑克比他清楚多了，自己只是個業餘的。

「他們來了。」傑克講完就要往一旁的商店走去，若無其事一般。

大廳裡，那個平頭男子拉著行李箱，走在另外兩人後面，但似乎認出猴子來，和猴子四目相接。

猴子皺了下眉頭，主動把視線移開，朝傑克方向走去。

平頭男腳步未停，繼續往前走，但視線依舊緊盯著猴子。

以眼角留意對方動態的猴子故作冷靜，走進店裡，站到正在看名產的傑克旁邊，輕聲說：「先生，有想買的嗎？」

「你被發現了。」傑克看著貨架的頭沒有回，只用聲音淡淡地回。

「是我們被發現了。不過，這是一定的，你看，整個旅客大廳，除了工作人員以外……」猴子拿起一包餅乾端詳。

「怎樣？」傑克問。

「只有我們沒有帶行李。」

三十六

等到那三人出境，兩人繼續在旅客大廳晃。看了一會兒旅客進出，又去仔細看那些告示，才知道小三通只要三十分鐘就到對岸，幾乎每小時就有一班，費用更只要五、六百元。這應該是最便宜的出國費用吧。

跟商店的老闆娘聊，才知道金門人很常到廈門去，甚至有人在那邊的酒吧寄酒，酒瓶寫上自己的名字，寄在那兒，可見有多常去。

兩邊的往來那麼頻繁，對過去沒有接觸的猴子來說，簡直是個全新的世界，心裡嘖嘖稱奇，傑克倒是一副看動物大遷徙的平淡模樣，沒有什麼反應。

兩人搭下午的飛機回台灣，帶著各自的疑問返家。

◆

隔天一早，猴子打算到圖書室找麥可商量，左等右等，前來開門的卻是傑克。

猴子坐在圖書室外人行道上的躺椅，看著傑克一邊跑步，一邊揮拳答數跑過來。遠處路口有個拉著購物車的中年男子，被傑克的喊聲吸引，轉頭看過來，猴子感到有點難為情。

「麥可和潔米呢？」猴子問。

「去醫院啊，今天禮拜三。」

「喔，我忘記了。喂，我昨天晚上又解開另一個檔案。」

「是噢。」傑克在椅子坐下，對半空 shadow boxing，揮空拳。

「這個很厲害哦，就是之前呂欣如寫的那個。」

「你找到了?!」

「對，所以她才寫『轉動舞台八千代　在你掌中』，因為本來就在我們掌中了。有立委，有縣長，而且都有數字和時間喔。」

「數字？」

「當然是錢啊，不然是球衣背號嗎？他們組隊打棒球噢？而且看那時間都是大選之前，我看，八成就是檯面下的政治獻金。」猴子用手梳理頭髮，在風中被吹得凌亂。

「哇啊，那不就是一場政治風暴了？那我們接著要怎麼辦？」

「我也不知道，要問麥可了，跟政治有關的事，我都問他。奇怪，他們今天怎麼那麼晚？」

遠處，路口兩個戴著黃色安全帽的工人正放下一座座的紅色三角錐，感覺要修路，那個拉購物車的先生在講手機，世界依舊運轉著。

「可能又跑去逛哪個二手書店吧？」傑克看了一下手上的綠色軍錶。

「喔，有可能，麥可常說有些好書絕版了，只好去那間二手一攤書店找。」

「他老是說新書要買，二手書也要買，我說圖書室遲早會爆滿。」

「還好啦，基金會一定可以處理啦。不過，剛剛錢的事，我還沒有講完。你記得之前在熊本，假公安警察本田不是說呂欣如在中國的上司涉貪，被逮了？」

「好像有這件事，然後呢？」

「我找到另一個檔案，政治人物的姓名時間都一樣，只有數字不同。」

「這樣是怎樣？弄錯了噢？」

「不是，你知道很多企業會做內外帳好避稅。」

「所以，他們逃稅噢？」

「不是啦，我一直在想那個基哥的行為很反常。首先，他們搞這些詐騙，一定不會申報，所以沒有逃稅的問題，那幹麼要弄內外帳？然後，那幾筆政治獻金，我上網去查，也都沒有申報，所以一定是檯面下的。既然全都是檯面下的，幹麼還要做兩本帳？除非是黑吃黑。然後，我想到另一個怪事，就是詐死。」

「還差點害到我！討厭！」傑克突然舉起左手快速向前方打出一記刺拳，拳風帶出聲音來。

「那個很奇怪，為什麼他得大費周章，讓人以為他死了？」猴子說。

「怕被抓啊，你們台灣法律不是人死了就不會被起訴？」

「世界的法律都是這樣。我只是想到，他和中國關係那麼密切，幫他們做事，出事了，不是可以跑去他們那邊？他一定有『坐桶子』偷渡出去的管道，台灣也一堆通緝犯跑去那邊，他幹麼不這樣做？比詐死容易多了。」

傑克想了一下：「除非他有理由不能去。」

「對，我猜的也是這個，會不會他也汙了錢？他選擇詐死而不是去中國，就是因為他汙了中國那邊的錢，這樣就能解釋他的行為。他詐死以後，台灣和中國兩邊就都不會找他了。」

傑克拍了猴子肩膀：「有道理耶，你快要跟麥可一樣聰明了。」

「唉喲，痛耶，你小力一點。」猴子扶著被傑克拍的肩膀。

「欸，不對，那個基哥是被我刺傷住院的，那我不就成了他的共犯？」

「不是，共犯不是這樣用的，你的華語真的不太好。你記得嗎？他那時候帶人來圖書室要拿的是隨身碟，表示那時候事跡還沒敗露，他是要預先防堵。後來，意外被你刺傷，拿回去的又是假的隨身碟。也許在他住院的時候，中國有人發現他汙錢了，他才將計就計，弄了個替死鬼，昭告天下他死了。」

「喔，這樣就 make sense 了。有可能是這樣。」

「有可能是這樣，但無法證實。」

「嗯，不對呀，我昨天回去想到，如果那是儲存資料的隨身碟，而不單是冷錢包，那他們不是應該要在圖書室現場用電腦驗嗎？」

「對，但基哥被你刺傷不能講話，而且我猜他們內部也沒講有兩本帳的事，那些小嘍囉只知道要去拿回那牌子的冷錢包。」

「不是，我是說，你叫我拿假的，要是他們一驗發現是假的，不就要打我？」

「你忘了噢？我是叫你放在失物招領箱讓他們自己去找，不是叫你直接拿給他們。他們自己找的，就算驗了不是，也不會覺得是你給的呀。最重要的是，他們不管怎樣都會打你的，那是他們的溝通方式。」

「所以，你本來就設定我要被打喔，你好壞。」

「不是，你會怕被打嗎？我是不在現場啦，但我猜，你應該很期待對方先動手，這樣你就有正當防衛的理由吧？」

傑克笑而不答，兩手快速向前方揮組合拳，刺拳、直拳、閃躲後右勾拳。

「麥可他們好慢喔，我來打手機給他……」猴子從口袋裡掏出手機，看了一眼，皺起眉頭：「怎麼沒有訊號？」

身旁的傑克一聽到，立刻露出尖銳目光，朝周圍左右擺頭，觀察。

猴子認得，那是接戰模式。

三十七

「怎麼了？」猴子急問。

「你一個網路專家，遇到在現代城市中斷網，你會聯想到什麼？」傑克眼睛繼續在環境中搜尋，同時拿出自己手機，瞄了一眼後，立刻收起。

「恐攻嗎？」

「我不知道，但是我的手機和圖書室的 Wi-Fi 也都無法連了。還有，你看那個推購物車的大叔，他已經在這附近快十分鐘了，要不是忘記回家的路，就是迷路找不到菜市場，我跟你打賭，他購物車裡裝的一定不是青菜。」

猴子看向那個大叔，購物車是黑棕色，上面有時尚的圓點點。也許真的太時尚了。

「現在怎麼辦？」

「你有穿防彈背心嗎？」

「沒有耶。」

傑克嘖了一聲，緩緩轉動脖子和肩膀：「好，我們現在有兩個選擇，一個是跑掉，但我對你徒步脫離戰場的能力存疑。」

「欸，拜託，我有在跑步。」

「我知道，但近戰不太一樣，而且我們現在不知道對方的戰略目標。」傑克坐在椅子上但不斷活動起手腳，看起來像要參加運動比賽的選手。

「什麼意思？」

「考慮到麥可和潔米到現在都沒有回應，我們要有最壞的假設。」

「啊？什麼！他們也找上麥可了?!」想到麥可，猴子整個人都要爆炸了。

「對方要的是一次殲滅，而且同時進行，可以想像他們資源充足，所以，我傾向第二種選擇。」

「是什麼？」

「我給你鑰匙，你衝進圖書室，櫃檯下面有防彈背心和安全帽，你進去，穿戴好。」

「這樣能幹麼？」

「降低你的死亡率，或者，嚴格說，應該說稍微延長生存時間，因為我們作為一個人，死亡率是百分之百。」

「拜託，每次你講俏皮話，我都會緊張。」

「不要緊張。」

「你叫我不要緊張，是有想到什麼方法嗎？」

「沒有，我只是想到，緊張手抖的話，你鑰匙會插不進大門的鑰匙孔。」

「靠腰，這一點也沒有幫助。啊，那如果我們按兵不動呢？他們會怎樣？」

「通常武裝衝突都會設定在十分鐘到十五分鐘內結束，斷網的目的，除了讓人無法求援外，也讓現場發生的事無法上傳網路；但斷網會讓人增加警戒，因此通常是攻擊發起前的最後一拍，也就是說——他們要發動攻擊了！」

「靠，我還沒準備好。」

「來，右手慢慢放到椅子上，我鑰匙一放到你手上就跑。準備好！」

「我喜歡宮本武藏，浪人劍客有他該捨身的對象。」傑克突然轉過頭來，看著猴子，語氣溫和，緩緩地說：「很高興認識你，這段時間很好玩。」

三十八

猴子焦急了起來：「等一下，可以不要那麼戲劇化嗎？我們不能等他們怎麼樣了再應變嗎？」

「不行，沒有計畫的等待，在戰場上叫坐以待斃。我們在他們做好準備前行動，還有機會打亂他們的節奏，也許會多一點機會，否則……」

「不是，你不是還要教我練腹肌？而且……」

傑克打斷猴子：「練腹肌的要件是那個人活著，死人的肌肉無法變大。」

「沒有喔，我以前聽過有死人還會長指甲喔。」

傑克明顯不耐煩：「你是很想死是不是！」

猴子支支吾吾：「沒有啦，我是想說……」

「怎樣！快點！」傑克已經抓狂。

「可不可以……我來喊？」

「喊什麼？」

「你知道我不喜歡被人控制？」

「然後呢？」傑克眼睛冒火，猴子心想，幸好自己和他同一邊。

「所以，可不可以我來喊一二三，然後開始？」原來猴子要的是自主權。

「隨便，只要你快點，鑰匙你先拿好。」

鑰匙立刻放入猴子的手心，猴子突然覺得好重，這就是再見的開始？

「好了，你可以喊了！」

「我準備一下，先深呼吸，吸，呼，吸，呼……」

「我建議你加快呼吸頻率，提升攜氧濃度，好幫助瞬間運動表現。」

「你講太多，我聽不懂啦。」

「總之，你喘快一點，你看一下周圍，路上是不是都沒有人，連車都沒了。」

猴子往兩旁看，突然才意識到街道上只有他們兩人。大白天的，原本車水馬龍人來人往的，竟在此刻安靜了下來，實在很奇幻。但，並不是沒有聲音，而是可以清楚聽到風吹、樹枝晃動的聲音，鳥叫聲更是巨大清晰。

「我……我聽到大自然的聲音耶。」

「如果你以後還想聽到的話，現在就要動起來了。」

「我想再享受一下這個城市裡難得的寧靜。」

「你起來！」

傑克拉起猴子，往門口方向推，緊跟著，他踹開椅腳固定處，用力扛起兩人原本坐的人行道椅。

「你幹麼？破壞公物！」

「之後再賠，如果活下來的話。你快，進去！著裝！」

猴子被傑克大吼的聲音嚇到，往前跑一步，就聽到街道兩側傳來巨大的引擎聲，由遠而近，快速靠近。

「不要回頭看，開始了！」傑克大喊，緊跟著他把巨大的人行道椅翻過來，擺在門前，形成路障。猴子拚命加快動作，把鑰匙插入孔中，情急之下，卻連兩次插不進去。

「Shit! Shit!」猴子大叫，努力想快點進門。

「不客氣！」傑克八成把「Shit Shit」聽成「謝謝」了，他彎腰跳進一旁花圃裡。

兩輛沒有任何標示的黑色貨車分別從馬路兩頭衝來，前面都加裝了厚實的防撞桿，低沉但巨大的引擎聲彷彿立體聲道，從兩側逼近。

猴子聽到那引擎聲，手忙腳亂中還抱怨：「這種車很不環保耶！」
「你再不進去，我們要環保葬了啦！」
下一刻，門開，猴子閃身進去，同時聽到兩道尖銳的煞車聲，兩部貨車急停。車門開，跳下戴黑色鋼盔護目鏡、一身黑色戰鬥服、手拿Noveske N4步槍的戰鬥人員，直衝大門去。
傑克瞄了一眼那短槍管的武器，側邊那像十字架的標誌，心裡小嘆口氣。會配發那價值不菲的槍，表示對方有當代先進特種部隊背景。可以快速控制整個街區，有能力控制交通號誌，駭入防火牆嚴密的大眾交通系統，且連特種部隊背景的都叫來。資源有點超乎想像。
最前方的黑衣男子開不了門，向同伴比手勢指向門鎖，應是要爆破。
突然，那男子頭一甩，往後倒在地上，他身旁同伴往兩邊張望，看到地上一顆鵝卵石。
啪的一聲，第二個男子倒地。
◆

猴子穿戴好防彈背心和安全帽後，躲在櫃檯下方。透過之前裝的戶外監視器畫面，看到傑克躲在草叢中。

果然是打過棒球的。

第一個男子倒地時，猴子讚嘆。

第二個男子倒地時，猴子驚訝。有這麼好的控球能力，應該叫傑克去打職棒的。

第三個男子衝向傑克，傑克從下往上，躍起，以右手掌推向對方的下巴，左手扣住對方右手臂，往內帶，順勢下拉。接著就看到那人的軍靴高高揚起在半空中，接著重摔落地。

第四個男子從傑克身後偷襲的瞬間，一開始還看不清楚，只看到一個黑影，似乎要用槍托打傑克後腦勺。傑克迴身，拉過對方的長槍，讓對方失去重心旋轉的同時，手肘迎面擊中對方面部，接著腿一掃，第四個男子飛起，重重落地。

猴子看了，感覺好痛。

彷彿在看一部動作片，只是畫質差了些。猴子還發現，自己會不自主地跟著揮動手臂。這是什麼觀眾的奇幻行為。

但他突然看到傑克上身連續不自然地彈跳，看到的第一下，猴子有點反應不過來，這是什麼防禦動作嗎？

後來才想到，糟糕，對方打不過，開槍了。

接著，傑克身體一傾，緩緩往後倒，彷彿慢動作。

猴子知道，一切結束了。

三十九

猴子舉起雙手，從門口走出，立刻就被黑色布套罩住，視線瞬間全黑，手被反剪到身後，不知道被什麼線固定住，應該類似束帶吧？

沒法多想，一下子就被拉上車，幾乎聽不到對方有什麼對話交談，只有一句「RED 7, go!」不知道什麼意思。

猴子邊掙扎邊重複說了兩次「save the guy」，希望他們能夠對傑克急救，但還沒說到第三次，就聽到液體氣罐噴向自己的聲音，冰涼的感覺，下一刻就不省人事了。

◆

醒來時，猴子發現自己在一個全白的房間，手已經鬆綁。四周的材質感覺都是隔音的，毫無髒汙。

突然，一聲「嗨！」從身後傳來。

猴子急著轉頭，脖子差點扭到。

是位美女。金髮碧眼，身材高䠷。

猴子強忍著脖子的疼痛，勉強擠出一聲「嗨！」回應。

女子踩著皮質平底鞋，慢慢走到猴子前面，猴子視線跟著對方，黑色俐落褲裝，光透過剪裁和材質就可一眼看出是名牌設計師品牌，加上女子的身形十分健美，移動的腳步輕盈有彈性，運動員型的動作。如果照傑克的說法，算是練武奇才。對，傑克如何了？

「How is Jack?」猴子立刻問，投降就是為了傑克，想加速他就醫的速度。如果還可以就醫的話。

「他沒問題。」結果，金髮女說華語。

「Where is he?」猴子問。

「他在休息。他打太多人，應該很累。」

「I want to see him.」猴子立刻要求。

「等一下，他醒過來，我們就叫他過來。」白人女子的華語非常好，只有一點點腔調。

「Where am I?」

「一個可以休息的地方。你可以說華語，我聽得懂。」

「好吧，我一個台灣人一直說英語，你外國人一直說華語，這狀況有點奇怪。那我直接問，你們想要什麼？」

「沒什麼。」

「沒什麼還搞成這樣？整個封街，還開槍！」

「不好意思，有點急。」

「你們想要什麼？」

「我們想要你休息一下。」

「休息五百啦！啊，對不起，我沒有別的意思。」

「為什麼伍佰要休息呢？他不是你們台灣的搖滾歌手嗎？」

「哇，你連伍佰都知道，好厲害，但我剛講的是別的，不重要，你可以忘記。我再問一次，傑克沒事吧？」

「他沒事，可能肋骨斷兩根，但那個還好，會好的，他有six pack，腹肌很好看。」

「肋骨斷掉？你打的嗎？」

「不是，我沒那麼厲害，我坐在車上，是槍打的。」

「槍打的？沒有死，只有斷肋骨？傑克是練到六塊腹肌都能防彈了噢？」猴子不解。

女子眨眨大眼睛微笑：「是鎮暴槍的子彈，但他腹肌說不定真的防彈。」

「那，沒什麼事的話，我就先走了。」猴子試著說點冷硬派俏皮話。他在熊本遇見假公安警察中村和本田時用過，那次沒什麼用。希望這次有用。

「我可以好好說話，但不代表我很好說話。」女子收起笑容，碧藍的眼睛射出一道冷光，冷酷得可以殺人。

「所以呢？」猴子試著嘴硬，但對方想要的應該就是那些檔案。但，是嗎？若對對方的企圖毫無所悉，實在很難談判。

「也許我們可以討論些事情，利用這段時間。」女子又燦爛地笑。

「討論什麼？」

「比方說，麥可。」

猴子心一驚，但強忍住：「你說麥可．喬丹噢，我有他的鞋子，有一代、三代、四、五代，還有十一代。」

女子大笑，接著，收起笑容：「不是那個麥可，是**你的**麥可。」

猴子沉默了，一下子想不出回話的方式。女子也深諳施加壓力的方法，跟著停下，安靜地望著他。

「喔，你說那個圖書室的老先生嗎？我跟他沒有很熟啦，偶爾會碰到而已。」猴子勉強擠出幾句。

「是嗎？我們的調查不是這樣，你公司的基金會捐給圖書室不少錢喔。」

「噢，那個啊，那是會計師叫我們做的，可以節稅，又有些社會公益的名聲。你知道大家現在重視ＥＳＧ嘛，推廣閱讀聽起來很好聽。」

「這樣子，所以，麥可怎麼了，你也不在意囉。」

「麥可怎麼了嗎？」猴子試著裝傻，但自己覺得聲音有些發抖。

「還好，我是說目前還好。」

「那就好，我們都會希望長輩好好的。」猴子努力壓抑自己不要握緊拳頭。

「但我不是他的保母，無法保證你乾爹他接著會如何，應該說要看你的配合程度。」女子的語氣充滿威脅意味，原本美麗的臉龐逐漸被權力的欲望扭曲覆蓋。

猴子一股氣上來，知道對方已經調查清楚自己和麥可關係，忍不住也開嗆：

「他發生什麼事，我就會讓你也發生什麼事！」

女子的眼神突然凶狠起來。「那如果你現在死掉呢？你還能對我怎樣嗎？」

「我會變成鬼。」

「嗯？」女子似乎沒想過這樣的回答，露出驚訝表情。

「我保證我會變成鬼，一直跟著你，這是我的承諾。」

猴子緊盯對方，瞪到眼球都快出血了。對方毫不畏懼地迎向他的目光，兩人相互瞪視著。

終於，對方開口：「我提醒你，麥可在我手裡。」

「我提醒你，麥可在我心裡。他只要怎麼了，你一定會死在我手裡。」猴子停了一下。「我會把你當成人生最終目標，投入所有資源。任何參與這件事的人，我也會找到，這段話也給在場的每一個人。」猴子說完，閉上眼睛。

「這又不是我一個人的事……」女子講到一半停住，似乎在聽隱形於耳中的耳機，原本惡狠狠的態度瞬間消氣，宛如扁掉的氣球。

「我只是在做我的工作！」女子激動地講完這話後，轉身就走。

直到她走到牆邊，猴子才發現牆上有門，心裡暗暗記下位置。但那似乎是種氣密門，闔上後又沒有了門的痕跡。

接著，門又開，他聽到記憶中的聲音。

四十

看到人的時候，猴子拚命地想講幾句帥氣的話，但想不出來。

是對方先說話的。

一句「小孫」，所有過去的記憶都回來了。

第一眼就認出來，儘管髮型完全不同了，但明亮的大眼睛依舊如同高山上的湖泊，比誰都能反射太陽的光明。時間只是增添了自信，還有隨之而來的魅力。

是小露西。

猴子很久沒有怦然心動的感覺，但他提醒自己，這也可能是在高壓且陌生的環境下，碰見熟悉人物的加乘結果。

不過，小露西真的好美。

第一句話最重要，這是久別重逢後的初次對話，或許將深深烙印在彼此的記憶中。

猴子閉上眼再睜開，確認眼前的人還在，這不是夢。但小露西以前長這麼高嗎？他忘記了，這麼高，幾乎和他差不多，那時接吻，自己是低下頭的嗎？

浮想聯翩的同時，發現對方大眼正迎著自己。原本在想那久別重逢的第一句話，突然間，又毫無想法了。

「I'm thirsty.」脫口而出。

「啊？」小露西一臉驚訝。

猴子趕緊解釋：「不是飢渴，是口渴。」心裡想著自己到底為什麼要說英文？

「喔，不好意思，他們沒給你噢，那個……醒過來之後，通常會覺得渴。我請他們馬上準備水給你。」小露西語氣急促，但說完後並沒有離開去找人，顯示這房間是有人在監看的。

「好久不見。」猴子想到戲劇電影裡男主角此時都會裝作酷酷地說這句，說完對方就會感動地上前來擁抱。但此刻輪到自己說，就覺得好蠢。「好久不見」，這不是廢話嗎？

果然，現在這裡也沒看到有誰要擁抱誰的。

小露西笑得好燦爛，回了句：「真的好久不見。」同樣是廢話，別人說就比較有魅力，猴子心想。

一陣尷尬的靜默。兩人對望，又別開視線。

「法國人說這種時候，是天使在房間走過。」猴子說完，覺得自己稍微正常了一點。

「喔，好浪漫。」小露西臉上有粉紅色。

猴子發現對方似乎會錯意了，趕緊解釋：「不是說久別重逢的時候，是尷尬得說不出話的時候。」

猴子說完，發現更尷尬了。

一陣靜默。

「那個……麥可……」猴子突然想起。

小露西立刻回：「麥可沒事，正在休息，那位潔米在陪他。欸，你不覺得傑克和潔米很像小時候的我們嗎？」

猴子微笑，那是真的，他自己不知道這樣想過幾次。

「嗯。」猴子淡淡地回。

「你們感情很好。」小露西臉上露出羨慕的神情，或者說更接近懷念。

「還不錯。」

「不好意思，我跟他們說你吃軟不吃硬，他們不夠了解你。」

「他們是誰？」猴子問。

小露西貌似驚訝：「她沒跟你說？」

「沒有。」

「但你應該有猜到？」

猴子點點頭。

「嚴格來說，不應該是這樣的，我們自己也有問題，加上太多外部因素同時發生，讓我們一直忙著做損害管理，我先跟你道歉。」

猴子沒有回話，打算讓對方自己說。現在是蒐集情報的階段。

「我們想要你手上的資料。」

猴子想了一下：「以前麥可教我，他說，如果走在路上，有陌生人過來說『小朋友，我需要你的幫忙』，應該怎麼回答。」

「怎麼回答？」

「麥可說，我們不知道對方是壞人或真的需要幫助，所以比較妥當的方法是我們幫他找警察，叫警察來幫他。那些資料在隨身碟裡，你們可以去找檢警要。」

小露西點點頭，表示明白。

猴子繼續說：「不過，我猜，你們已經有了那些檔案，以你們今天行動的規格來看，你們的power應該早就讓你們透過管道取得檔案了。所以你們現在真正要的，不是從我這拿東西，而是**讓東西不要從我這出去**。」

小露西臉上沒有任何情緒，似乎刻意控制著。

「你跟麥可談過了嗎？」猴子需要更多資訊，好幫助自己下判斷。

小露西點頭。

「他怎麼說？」

「他叫我跟你談，他說你是大人了，他相信你的判斷會是對的。」小露西說完，望著猴子的眼睛。

換猴子沉默。

「這聽起來很像麥可會說的話，可是我無法確認。因為你跟麥可相處過，清楚他的人格特質，那天又才跟他見面講過話，你們有可能餵AI這些東西，生成他可能會有的語氣回答我。我都懷疑你現在是聽耳機等另個房間傳來的資訊。」

小露西立刻從左耳取下一個極小的耳機，收入運動服口袋中。

「哇！這麼小，難怪幾乎隱形了。」猴子讚嘆：「可以給我一個嗎？」同時伸出手來。

小露西突然笑出來：「你這動作跟以前找我借錢買飲料一樣嘛。」

猴子搖搖頭說：「是要錢，我從來沒還你錢過。唯一一次要還你，你已經走了。」

小露西露出惆悵表情，眼眶含淚。

猴子看了不捨，把頭別開，看向房間的另一處，接著才開始說。

「有時候，我也會想，要是我們現在還在一起會怎樣。但想一想，就會跟自己說，我們現在就是沒有在一起啊。你看，你從進來就一直讓我想起從前，彷彿你還很在意我們可能會有的什麼。可是這麼多年過去，以你現在的能力，隨時可以找到我，但你沒有。然後，你說要給我水也只是說說，讓我的生理需求因為得不到滿足而焦躁，意志不堅而答應你們的要求。為了達到目的，創造我的心理需求，除了使用我們過去的關係外，也利用我現在重要的心理依存。」

「你指的是什麼？」小露西神情看似無辜。

「麥可啊，你們不斷提起麥可，用麥可對我施壓，又說麥可相信我的判斷，讓我被迫下決定。但你們漏掉一件事，也可能是你人生漏掉了一件事——麥可和我情同父子，他不是相信我的判斷，他是**相信我**。」

小露西皺眉回猴子：「是我太久沒用華語，華語不好，還是怎樣，這兩句話不是一樣嗎？」

「不一樣，我和麥可討論過，站在歷史洪流前，誰都無法確定誰的判斷是對的，更何況說相信。但麥可會完全相信我，不是因為我的判斷，而是作為父母，會完全相信孩子，並且知道無論是對或錯，都會完全接受對方下的決定。這不是語意的差異，而是哲學上根本的差異。」

小露西的眼神冷漠，如砂礫。

「你也不要怪ＡＩ，ＡＩ沒有父母，無法理解。我也沒有父母，但我有麥可。我現在合理懷疑你們根本沒有抓到麥可。就這點來說，潔米這次贏傑克了，她有保護到該保護的人。你們要跟我談什麼，想清楚再來談，但前提是實話，我受夠詐騙了，那麼聰明怎麼不去騙死神！去研究癌症的藥啊！啊，還有，你另一邊的耳機要不要也拿下來？他們給的東西，都滿沒用的。」

猴子說完閉上眼睛，不忍看小露西的挫敗，一如那多年前的街舞比賽。

四十一

猴子聽到氣密門開的聲音，小露西站在原地，面無表情。

走進房間的是見過的人，蘇西。

科索沃的探員，之前是總理孫女娜娜的保母，在日本熊本從假公安警察手裡救了猴子。

猴子意識到對方非常熟悉心理學，一步步加乘上去，先是有多年情誼的小露西，接著是有救命之恩的蘇西。

她微笑，遞出一瓶打開的礦泉水，瓶身晶亮，猴子感到目眩神迷。

「謝謝，又見面了。」猴子用英文謝謝對方。

「不客氣，很高興可以見到你。」蘇西臉上的笑容，讓人看了很舒服。

「所以，你也來台灣了？」猴子喝了口水，冰涼從喉間流過，整個人感到被救贖。

「對，亞太是我的任務範圍。」

原來。這麼一來，猴子也解開了先前放在心裡的疑惑。

猴子之前一直想不透，為什麼蘇西這麼清楚猴子在熊本的行蹤？甚至在他遇見危機，適時出手解救？現在回想起來，要麼是他們早就監控那兩個假公安，要麼他們就是利用猴子作誘餌，好吸引假公安的注意。

猴子再次想到麥可說的守株待兔。自己是**所有人的誘餌**。

「我問你一件事，你在我被那兩個假公安迷昏時來救我，是在監控我嗎？」

女子點點頭。這太顯而易見了。

「所以，你們在我的手機放了後門？」

女子又點點頭。

他想起那時候在科索沃國會大樓，議員說他們跟台灣也在尋求科技方面的合作，看來內容包含晶片，或者，不只晶片，不只台灣。

也許，早在科索沃爆炸時，猴子就已經成為戰略目標了。在醫院昏迷的時候，手機已經被植入後門程式，隨時在對外通報位置。

想要多問些細節，但問了蘇西會回答嗎？畢竟，對方也是為國家做事，不回答猴子才是合理的吧。也許，之後可以問問那位在科索沃國會見面的傑森。

還在想著要怎麼往下時，突然，有個男聲從門外傳來，帶有輕微腔調的華語。「不好意思，我們剛在準備咖啡，來遲了。」

進門的是西裝筆挺的男士，綠色眼珠，棕色頭髮整齊服貼，高大英挺的白種人，感覺像外交官。

接著，他轉身，推入一台小推車，車上是整套咖啡器具，有白色的 Fellow 熱水壺，優美的線條外，溫度精準。一旁還有白色的磨豆機，白色的 HARIO 磅秤，白色的 HARIO 濾杯，透明的 HARIO 咖啡壺。只有那一罐裝咖啡豆的透明密封罐不是白色的，整體搭配在美學上很吸引人。

那人站定位後，姿態優雅，嫻熟地倒出咖啡豆，測量重量，磨粉後遞給猴子聞香氣。

那香，直抵鼻腔，完美。

他不發一語，但動作俐落，神情專注，似乎無視這世上其他事物，用熱水繞圈淋上咖啡粉時，更是穩定無比。除了接近外科手術般的精確外，甚至有種宗教上的神聖氣息。

沖好後，男子將咖啡倒入白色杯中遞給猴子，接著又倒了杯給露西，同時輕拍她肩膀，似乎有慰勞的意思。接著，自己才倒了杯咖啡，閉眼品嘗，全程無聲，宛如一場聖潔無比的儀式。

終於，男子睜開眼。

「首先，謝謝你的耐性，也為今天帶給你的不便致歉。我們很難想像一個民間人士可以做到這樣，但了解你過去的實績後又毫不驚訝。」他朝蘇西與露西的方向攤開雙臂：「這兩位，你應該都認識了。請原諒之前露西小姐因為工作性質的緣故，無法和你聯絡，她是這陣子才調到亞洲來。我想和你談一個合作，考慮到你的專業能力和團隊驚人的能量，希望你可以答應，好嗎？」

「看情況，我可以當下游廠商，但沒辦法當下流廠商。」猴子冷冷地回。

「哈哈哈，下游和下流，這個有趣，我要學起來。」男子笑的同時，高大的肩膀跟著抖動。

男子終於止住笑：「我覺得你是個有趣的人，也許未來我們可以成為朋友。作為朋友的起手式，我猜你一定好奇我怎麼會知道『起手式』這個詞，我可以跟你說，我很努力，也許跟露西小姐一樣努力。簡單說，我們這十年陷入一個困境：一年有近十萬人因為芬太尼死亡，而諾曼第登陸的 D-day 所死亡的我國人數也才不到三萬。更可怕的是，在死亡之前，成癮者對社會治安的危害。他們為了有金錢取得毒品，造成的偷竊、搶劫問題非常嚴重。」

猴子點頭。

「我覺得最可憐的是，這些人一開始只是吃止痛藥，緩解下背痛、手術後的疼痛。他們和以前刻板印象說的毒蟲不同，他們是一般人，是退休老人，是媽媽，是小朋友。你可以想像十一歲的小孩吸毒過量死亡嗎？我不行，而且，賣藥給他的是十六歲的小孩！」

猴子想到李律師，也想到那代替基哥的屍體。

「這都是一個國家輸出而來的，這根本是**現代的鴉片戰爭！**」那人不禁握拳，氣憤之情溢於言表。

猴子看這人的憤怒，連手指都氣到微微顫抖。也許他的家人曾身受其害。

「這個全球性的販毒行為，簡單說，他們是將芬太尼的前驅物質從中國運到墨西哥、加拿大再進到美國。而墨西哥黑幫作為交換，提供的則是石首魚。」

關鍵字出現了！

「我知道，一公斤八萬美金，將近新台幣兩百五十萬。」猴子想起那驚人的數字。

「嚴格說起來，是石首魚的魚鰾乾。他們從溫哥華寄到台灣，再從台灣藉由小三通，從金門、馬祖，進到中國。」

猴子恍然大悟，難怪檔案裡會有一個金門的地址，猴子再次想起那天和傑克在碼頭上看到的景象，小三通確實有可能是個漏洞。

「你們昨天不是也才剛去金門？」白人男子臉上一抹神祕微笑。

猴子很驚訝，但又得試著保持鎮定：「你怎麼知道？」

「我們有朋友見到你。」語焉不詳的說法。

猴子想起那在金門一直留意自己、操中國口音的平頭男子，急著發問：「是那個平頭的中國人？」

白人男子笑而不答。

猴子心想，也是，自己也太天真，對方怎麼可能透露。

各國都會在對方國家安插自己的人馬，沒道理在那邊沒有他們的人馬，更沒道理洩漏第一線的工作人員身分。除非有必要，像小露西、蘇西這種跟猴子有關聯的人，可以達到他們拉攏說服的目的。

「我有一個疑問，為什麼那個石首魚這麼貴？」猴子發問。

「這種特殊的石首魚在加利福尼亞灣是特有種，本來很多，但因為這幾年濫捕而瀕臨絕種。主要是因為中國人認為這種加利福尼亞灣石首魚的魚鰾有特殊功效，價格昂貴，被稱作『海中古柯鹼』。」

「有什麼功效？」猴子實在納悶，覺得這外國人似乎沒講到重點。

「壯陽啦！」一直沉默在一旁的小露西突然開口。

那男子苦笑，猴子終於知道這東西為什麼賣這麼貴了。不，也許就是要貴，那些在意的人才會覺得有效。這也算是另一種認知戰吧。

「怎麼可能！牠是魚耶，又不是哺乳類，又沒有『那個』！」猴子以自己的邏輯回應。

「可能因為形狀跟男性陽具很相像，所以……」小露西補充說。

猴子立刻打斷：「拜託，你不要跟我講這個，太怪了，我沒有心理準備聽女生跟我說這些，尤其是你……」

「你們男生才奇怪，相信這種東西！不然你自己上網查黃花膠壯陽，上面就寫一堆。」

「我又不是那種男生，而且我沒有辦法上網查，我手機被收走了。」猴子故意翻出口袋，秀給小露西看。

小露西吐了吐舌頭後，用嘴型無聲地說了「抱歉」，神情和小時候一樣，猴子想著。這才是正常的小露西吧。

「我跟你一樣不相信那效果，對我而言，這真是種文化衝擊。為了壯陽付出這麼大的代價，甚至讓上千萬人死亡，這我難以想像。接著，我讓小露西說明案件細節，我需要喝口咖啡。」外國男子彎腰，為自己添了些咖啡。

露西遲疑著，看向男子：「可是，我不知道他可不可以知道……」

「沒關係，你就說吧，我相信麥可相信的人。」

原來這外國男子也認識麥可，猴子在心中記下。

「如果我們不跟他說清楚，他應該會公布那份政客名單……」男子看向猴子，表情嚴肅，接著說：「而且，是自動在網路上公布，是吧？」

男子不等猴子回答，就繼續往下講：「你要是現在公布那份政客名單，本來會進行的大型毒品交易就會取消，你知道，打草驚蛇……」

猴子沒預期會從一個外國人嘴裡聽到成語。

「我們現在迫切需要一場毒品戰爭的勝利，我們需要藉由這個機會找到上游還有下游，將整條供應鏈一網打盡。」

「還有一個你可能沒有思考過的問題……」男子停了下來，雙眼牢牢地盯著猴子：「我問你，**如果可以掌控整個國會，你要嗎？**」

猴子心裡微微一驚，什麼意思，但想了一下，馬上理解。「你的意思是，不讓那份資料公諸於世，但用那份資料反過來要脅那些立委，就能掌控他們？」

「台灣搞不清楚自己在第一島鏈的重要性，還讓外國勢力滲透進國會，通過一堆對你們自己安全不利的法案，這都影響了區域安全還有盟邦的利益。你沒有想過有機會，瞬間扭轉這一切嗎？」男子點出了問題的核心。

猴子忖度，對方說的沒錯，其實這是個一石二鳥的機會。否則，就算靠那些資料推動了罷免，許多選區恐怕接著還是會選出相對傾向境外敵對勢力的立法委員。

與其那樣，不如用那些資料，控制那些檯面上的政治人物。

這時，他突然懂了，呂欣如寫的那句話，「轉動舞台八千代　在你掌中」。政治人物就是在舞台上的演員啊，而掌控政治人物就能掌控世界了。

男子看著他的眼神堅定，猴子想著曾在哪裡看過。

那種運籌帷幄、理解世事，並會以無比毅力去完成理想的眼神。

想了一會兒，終於想起來。

是麥可的眼神。

四十二

「然後呢？」潔米急著問。

火車上，窗外陽光大好，四人把座位翻轉對坐，麥可坐在潔米身旁，微微笑著。猴子手拿一袋鹽炒蠶豆，袋口不斷有隻手伸入，是傑克，傑克另隻手靠在窗邊，俊美身形優雅姿態，簡直就像在拍時尚品牌廣告。

「你以前怎麼都沒有請我吃這個？好好吃，好好吃噢。」吃著蠶豆的傑克，手和嘴都沒有停，旺盛的生命力，一如窗外台灣的綠意。

大家都沒事，真是太好了，猴子想著。

「喂，不要講一半然後恍神，然後呢？」潔米打斷了猴子的思緒，一手整理著臉上頭髮。

「我因為太擔心你們的安全，就答應他們的要求了。」

「少來，你頂多是擔心麥可而已吧，但你忘了一件事，小露西根本不可能對麥可怎樣，她只是跑來醫院外面找我們去咖啡館聊天，確保我們不會和你聯絡，這樣就可以製造我們被她抓住的假象。等到你被她抓住以後，我們也無法跟你聯絡了。」

「這根本是詐騙集團的手法，『嗚嗚，媽媽，我被人家抓了，趕快付錢救我』，超老套的。」猴子學著詐騙集團的聲音，學得很遜。

「老套但有用啊。啊，難怪，麥可，你記得那天咖啡館裡旁邊有個男的本來不是在視訊會議？後來一直在那裡喊沒訊號沒訊號，一定是小露西弄的。」

麥可微笑，沒有回答。

「還有，那天我們第一次見到小露西，你說要跟她合照，她說等補妝完再拍，結果就沒拍了。」傑克回想起細節：「我那時就覺得她怪怪的，原來是情報員，不能隨便留下影像啦。」

「然後呢？你講故事好慢。」潔米轉向猴子催促著。

「然後，小露西才說，她在日本原本 **recruit** 了呂欣如。」

「recruit？招募？」

「嗯，招募也是小露西的工作，他們說是有價值的戰略目標。招募呂欣如的經過有點複雜，小露西沒有說很清楚，但簡單來說，呂欣如在被招募的過程中不斷三心二意，並沒有完全按照他們的計畫，所以才會有麥可說的矛盾行為——好像要透露些什麼，但又不直接講。」

「什麼意思？」

「呂欣如在李律師過世後就想趕快抽身，但她那時還不確定李律師的死因，想要繼續潛伏著好搞清楚。等到她比較確定和基哥有關，她才點頭答應小露西，願意加入他們。但過程裡，她又想報復基哥，想讓基哥的事曝光，所以發現我騎GoShare假裝外送、跟蹤他們，才沒有通風報信，讓那個詐騙機房被我找到；也才會在日本找我，留下那份『轉動舞台八千代　在你掌中』的名單。」

「我不懂，那小露西他們為什麼要幫基哥？」潔米歪著頭問。

「不是，是時機的問題。那個外國男人說，他們需要一個巨大的勝利，在這場毒品戰爭中，因為知道接著會有一筆極大規模的交易要發生，他們要一網打盡，不想打草驚蛇。」

「等一下，我有點混亂，蠶豆太好吃了，你可以講慢一點嗎？」傑克抱怨。

「一個說我講太快，一個說我講太慢……」猴子瞪視雙胞胎，兩人舉手投降。

猴子繼續說：「簡單說，這是一條全球化的犯罪生態鏈，同時又牽扯到地緣政治。中國派呂欣如到台灣發展組織，她找上黑道背景的基哥，用詐騙賺取資金，並製造台灣混亂不安，接著從美洲走私石首魚鰾，藉由金門小三通進中國好獲取暴利，再從中國走私芬太尼前驅物質給墨西哥黑幫，到美國販售作為交換。過程裡賺到的錢，就可以到網路上操作網軍假帳號，好操弄各國民主選舉。」

「他們好忙！」

「應該說台灣很關鍵，無論從任何角度來看。小露西說台灣的煉毒師很厲害，還去墨西哥技術指導。」

「TAIWAN CAN HELP!」傑克突然冒出這句，講完還舔了舔被蠶豆的鹽沾到的手指。

「你在亂說什麼啦！」潔米朝傑克丟了一個蠶豆殼過去，傑克閃過。

「喂，等一下要撿哦。」猴子提醒打鬧的兩人，繼續說：「小露西說，連運毒過程也是台灣這邊給墨西哥人建議的。所以那個外國人才會來亞洲督導，小露西說他是『芬太尼沙皇』。」

「沙皇？」

「就是總統任命，直接向總統報告，所有聯邦部門從ＦＢＩ、國務院、緝毒署、五角大廈都要聽他的，只要是跟芬太尼有關的，他判斷需要用到的資源，他都可以調動。」

「難怪能在圖書室弄那麼誇張的行動。」潔米咋舌。

「對啊，那是DEVGRU負責的行動，海軍特種作戰開發群，就是海豹六隊，擊斃賓拉登的那個部隊。我問小露西怎麼對外解釋封街、斷網，她說就城市巷戰演習啊，不然也可以說在拍電影就好了，之前好萊塢導演不也都會來台灣拍片嗎？」

「DEVGRU有問我要不要回去。」傑克舔著食指說。

「那你怎麼回他們？」

「我說我打傷他們四個人，以後見面太尷尬了。」

「得意咧！」潔米立刻吐嘈，但看得出她比傑克還得意。

傑克丟一個蠶豆殼向潔米：「沒有啦，我說主要是他們的薪資和員工福利沒有我現在好！」說完向猴子比個讚的手勢。

「哇！你肋骨斷掉後，變得這麼會說話，我看要多斷幾根。」猴子伸出手作勢要攻擊傑克上身，傑克也假裝動手格擋。

「那，呂欣如是怎麼死的？」麥可的聲音，低且穩定，像幼兒園老師在小朋友胡鬧時打斷的方式，不是出言制止，而是拿出新題目。而且，猴子很清楚，宛如麥田捕手，麥可一直很想接住這個失喪的靈魂。

「他們也不清楚，不確定是自殺還是被滅口。感覺我們每個人，都只是巨大拼圖中的一小塊。」

麥可嘆了一口氣，閉上眼睛。

「那基哥呢？」傑克的聲音，帶著蠶豆咀嚼聲。

「有，我有問，結果，好像被他跑了。原本基哥的上線在這麼大筆的金錢往來中就有揩油，聽說也累積了幾十億身家，有人眼紅密告，上頭的落馬之後，一路連基哥也被查，所以，基哥才弄個假死，好擺脫被論罪。另一方面，也是因為台灣的國防部查軍中共諜案，發現有地下錢莊故意借錢給職業軍人好交換軍事機密。這案子也快查到基哥身上了，變成台灣他待不下去，就算偷渡到另一邊去，還可能更慘，大概會關到出不來吧。所以，他才弄詐死這齣。」

猴子喝了一口手中的飲料，潤潤喉後繼續說：「軍中共諜案的案子，現在是併案辦理，由那個來圖書室借書的林檢察官在辦。你記得的，調查台灣有公安的那位。」

麥可點頭後思索。一棵棵果樹隨著火車前進在窗外不斷後退。

「這些是小露西從呂欣如那得到的情報。那時她還叫作『盧履新』，打算拋棄舊身分，改名『呂欣如』，自我認同是女性，計畫逃去海外重新生活，可惜沒有如願。還有，你們知道嗎？基哥之前被傑克打傷，也是她去密告警方的。」

傑克轉頭問：「呂欣如幹麼這樣？」

「我猜，她希望引導警方去調查傷害致死罪的可能性，或許能因此發現死掉的基哥不是基哥。你看，也真的如她所預期。」

「不是，她幹麼那麼麻煩，她就直接密告基哥詐死就好了，還害到我！」傑克不滿地抱怨，又塞了一顆蠶豆到嘴裡。

「可能是因為當時基哥詐死的事沒幾個人知道，她一密告，人家就知道是她講的。但是像基哥被你打傷的事，現場就有很多人曉得，就不至於懷疑到她頭上了。」

「這麼縝密？太恐怖了，提醒我千萬不要惹女生。」傑克咋舌，裝出害怕的表情。

「你這句話有性平的問題喔！」潔米朝他又丟一個蠶豆殼，結果傑克用手擋，殼彈到猴子臉上。

「喂，你沒保護我，還攻擊我！」猴子念了一下傑克。

「我是在訓練你的反應速度好不好，作為你的首席安全顧問，我有義務要強化你的自我防衛能力。」傑克挺直胸膛，一手假裝拿著麥克風，一副在開記者會的模樣。

「你把那些殼撿乾淨喔！對了，我跟你說，小露西他們那時在熊本機場看著我們離開耶。」猴子突然想到。

「什麼意思？」正在地上彎腰撿殼的傑克抬頭問。

「原來，熊本機場也是軍機場，日本的陸上自衛隊第八師團飛行隊駐紮在那裡。」

「所以呢？」

「那個航空隊有各種軍用直升機，到全日本都非常方便。他們因此在那裡設一個據點，可以防守半導體廠這個重要戰略目標，最重要是熊本機場隨時可以飛出國，是國際機場，但又不會太繁忙，讓他們兵力投射可以快速涵蓋整個東北亞。」

「日本會提供基地給他們用啊？」傑克問。

「他們說熊本機場是對『台灣有事』作戰最重要的基地，前幾年一位剛上任的指揮官，為了視導從熊本飛到宮古島，結果失事墜毀，聽說當時附近海域曾經出現中國船艦，因此引發不少揣測。總之，美日聯盟因此很扎實，主要就是為了面對中國挑戰。也難怪，小露西叫呂欣如去熊本那裡找她，還有科索沃的蘇西也在那出沒。所以，小露西才會說她那時候在機場看著我們兩個離境。」

「真沒禮貌，也不會打聲招呼。」傑克抱怨著。

「他們那時候應該也在忙亂中，當然，另一方面也不知道我們掌握了多少。」猴子當然知道在出任務的露西怎麼可能打招呼，但還是隨口安慰傑克。

猴子感到腿部一陣震動，從褲子口袋拿出手機來，看了一下，臉上露出微笑，另三人也都看到那抹笑。

「小露西傳訊息來。」猴子不等別人問，自己先說。

「唉喲～談戀愛。」傑克起鬨地手指比出小愛心。

「露西、蘇西，喜歡哪個？」潔米也跟著鬧，但嚴肅的臉上沒有笑意。

「煩耶，不是啦，麥可，你看。」猴子遞出手機。

螢幕上是美國白宮橢圓形辦公室的照片，畫面裡是美國總統滿臉笑容表揚有功人員，和他握著手的是那天跟猴子說話的外國男子，西裝筆挺，臉上是不張揚的淡淡微笑。照片下方的新聞標題用英文寫著「毒品戰爭史上最巨大的勝利」。

麥可瞇著眼睛看照片裡的人物，淡淡地說：「是他。」

猴子急著問：「對！他好像認識你。」

「嗯，黨外運動的時候，他也在台灣。」麥可只說到這就停住，似乎無意多說。

猴子想問，但意識到麥可看向窗外的動作，就也安靜下來。「那時有太多故事發生了。」麥可看著遠方說：「跟現在一樣。」

一會兒，火車到站。

四十三

台灣南部的小鎮，凱洛笑吟吟地站在車站出口。

看得出麥可很高興看到凱洛，猴子自己也是，衝向前擁抱她。

「哈囉，屏東很熱吧？」前一天先到的凱洛，笑容滿是溫暖。

「太陽好大，好讚！」猴子連忙回，因為發現麥可笑到合不攏嘴，似乎沒有要回話的樣子。

「來，我跟這裡課輔老師借的車停在那裡。」一行人跟著凱洛，走進車站大廳。

大廳裡的電視螢幕正播放新聞，猴子看到畫面，駐足，仔細聽。

「……一份文件顯示多名立委違法收受境外勢力大筆資金，記者去電，各立委辦公室表示不予置評，高檢署已主動偵辦。根據檔案內容，甚至有詐騙集團不法資金涉入……」螢幕上，主播表情凝重地播報著頭條。

潔米轉頭問：「所以，猴子你沒有接受那個美國人的提議，掌控整個國會？」

猴子回：「我懂他說的意思，我相信這也是種西方政治現實主義的思考，非常實際，但我的人格養成教育教我要改善人家的缺失，而不是利用人家的缺失。畢竟，今天被你要脅的，他隨時也會再背叛。我還是傾向直球對決。」

猴子轉頭望向麥可，尋求認同地問：「是吧？」

麥可堅定地點點頭，泰然自若地邁步往前，雲淡風輕，彷彿這只是件自然不過的小事。

「政壇要大地震了。」傑克跨著大步走，臉上微微帶著笑。

「他們活該，住在這裡，卻聽別人的話，吃裡扒外，還拿黑心錢。」潔米不屑地評論：「想到被他們害到家破人亡的人，就生氣。」

猴子點頭，示意他們跟上前面已走遠的麥可與凱洛。

還是，不應該跟上，讓兩人獨處呢？

三顆電燈泡會不會太多了？

◆

凱洛開車很穩，麥可坐在副駕駛座，三顆電燈泡擠在後座，傑克人高馬大，膝蓋都已經卡到前面。

「過去一點啦，你太大隻了。」潔米抱怨。

「我已經縮成一團了，不然你來坐中間。」傑克反擊，但似乎有些無力，他的頭都快頂到車子天花板。

「不要，是你猜拳猜輸。輸的坐中間。」

「我覺得我下車的時候會抽筋……凱洛阿姨，你跟課輔老師借的這台車太小了啦！」

「不好意思啦，我們協會課輔老師的薪水都不高，車子比較小，你們感情好，擠一下，很快就到了。」凱洛對著照後鏡微微笑，像帶一車小朋友出遊。

「我們好像差一個媽媽，就可以拍三代同堂的汽車廣告了。」潔米高興地回。

「拜託，媽媽來是要坐在哪裡啦？坐車頂嗎？」傑克吐槽，一邊痛苦地挪動身體。

「媽媽來，你就下車用跑的啊，你太大隻了，需要做一些有氧啦！」潔米怒回。

「我每天跑十公里還不夠噢？」

「今天跑了嗎？」
「還沒。」
「現在跑剛剛好。」
「什麼剛剛好？」
「你下車，座位剛剛好。」潔米快問快答。
「好了，各位小朋友，請看右手邊，這個鐵道園區很棒哦，裡面有羊、豬、牛，會在那裡走來走去，可以和動物互動，很多小朋友都很喜歡哦。」凱洛簡直老師魂上身，把這車當校外教學。
「你不要壓到我身上啦！」猴子試著推開想往窗外看的傑克。
「我作為你的首席安全顧問，必須確認外部威脅因子。」傑克大言不慚地回。
「你是說那隻可愛的小羊嗎？」猴子指向窗外，夕陽下，一隻羊站在舊火車車廂旁，好奇地望向這邊。
「好可愛噢！」傑克大聲地高八度尖叫。
車裡所有人都摀住耳朵，凱洛勉強讓自己的左手停留在方向盤上，同時轉頭朝身旁的麥可說：「我走這條路好像不是個好點子。」
麥可體貼地微笑，看看凱洛，再回頭看看後座的年輕人，嘴笑眼笑。

「好可愛噢！」看到下一隻羊的傑克，又大聲地高八度尖叫，但比較像是戰鬥喊聲。

「我耳朵一直嗡嗡叫！」猴子大喊著。

夕陽裡，車子的影子在笑鬧聲中，拉得長長的。

◆

巷道裡，傑克吃力地從小車爬出，他誇張地伸展身體，臉上表情痛苦，一邊哇哇叫。

一行人都已經下車，站在一棟透天厝前。是麥可說要來這裡看看的。他請凱洛向當地課輔協會幫忙借車，剛好一起出遠門來走走。

「是這間嗎？」潔米問。

猴子確認手機上的地址，回答：「對，沒錯。」

傳統的鐵門，深鎖著。

一行人似乎打擾了這巷弄的靜謐。隔壁鄰居拉開落地窗，是個七十多歲老先生，揚聲問：「你們要找誰？」老人口中台灣國語親切，但臉上神情戒備。

「我們找李先生。」猴子趕緊禮貌地說。
「你們哪裡找？」
「我們是李律師台北的朋友啦，剛好來屏東玩，想說來他老家幫他看看家人。」這是猴子想到的說法。
「他沒有跟你們說嗎？」老人的臉瞬間沉了下來。
猴子想著要怎麼說，頓了一拍，幸好麥可即時補上：「沒有呢，按怎？」
老人搖搖頭，小聲說：「對啦，也是可憐啦，不會去跟朋友講。」
麥可善體人意地點點頭，往老人走近一步。
老人一臉淒苦，可能考慮到這群人從台北下來，用帶台語腔的華語慢慢說：「他老爸鐵路局退休，說兒子考上律師，會照顧他們兩個老的。他媽媽差不多五年前失智，常常走丟，兩三天就要警察幫忙找。本來以為兒子當律師，已經出頭天了，兩個老的出運啦。結果，死死去。」末了，老人用句台語感嘆著。
麥可睜大眼，其他人也驚訝。
「怎麼了？」
「說是被詐騙啦，退休金都沒了。他爸爸拿鐵路局的鐵鎚，把他媽媽打死，自己吃藥自殺。」

老人講完後長嘆一口氣，不斷搖頭，又說：「真的很可惜，兒子在台北讀大學上班工作，聽說做得很好，只是沒有交女朋友，好幾年了，他老爸很煩惱，這兩年過年有帶一位小姐回來，長得很漂亮，穿雙紅色高跟鞋在這邊走來走去，跟我說新年恭喜，我說要結婚嗎？他們笑笑的，沒回答。啊你們有看過那個女朋友嗎？」

老人說的穿紅色高跟鞋的女生，大概就是呂欣如吧？麥可趕緊點點頭。

一時之間，大家都不知道說什麼好，猴子藉口說還有行程，謝過老人後，匆匆上車。

一路無語，車上彷彿被按了靜音鍵，各人看著各自的窗外，想著各自的人生命題。

◆

「其實，我沒有看過豬走路。」

靜寂無聲的車內，突然傳來這一句話，是傑克的聲音。

下一刻，凱洛爆出笑聲來，手還敲打著方向盤，麥可和猴子也跟著笑。潔米的臉上沒有笑容，但似乎沉浸在凱洛的笑聲裡，麥可輕拍凱洛的肩膀，遞出手帕，因為凱洛笑出了眼淚。而坐在中間的傑克更是笑到人仰馬翻，頭不斷撞到前方椅背。

太好笑了，他們一定得笑，否則怎麼面對人生的荒謬？

夕陽裡，車子在笑鬧聲中，影子拉得老長。

◆

停車場的一角，那部小車安靜地停放著。

猴子和麥可坐在草坡上，往下望著。

前方是座巨大的湖，白色的鵝在湖面上划水，遠處，凱洛獨自一人緩緩沿著湖邊漫步。

不時傳來傑克和潔米的笑聲，遠遠的，他們在草地上，一如旁邊巨大的掛旗寫的一樣，「跟動物互動」，跟著放養的一群群豬隻走著，傑克臉上的笑容好大，幾十公尺外都看得好清楚。金黃色的夕陽，翠綠的草地，兩道青春身影。

猴子玩著地上的草，和麥可並肩坐著，麥可臉上一如平常，帶著淡淡的笑。

猴子想著這陣子發生的事。李律師之所以急著脫身，還把那些資料存隨身碟拿到圖書室，是因為家裡有了這樣的變故。

「原來，李律師他家發生這些事，難怪他會這樣。」**做詐騙的，家人被詐騙而死，有比這更諷刺的嗎？**

「李律師是想揭發這一切、彌補受害者？還是內疚想為自己改變些什麼嗎？」猴子問。

「有可能，呂欣如或許也是。」

猴子邊想著，邊拔起地上的一根草，纏在自己手指上。纏繞纏繞，生命就是不斷地纏繞，或者糾纏。

「大家都說討厭詐騙集團，可是，到處都是詐騙……」猴子一股氣上來：「藥廠說芬太尼不會上癮是詐騙，不接受家人真實性向是詐騙，說可以壯陽的是詐騙；以前政府說要反攻大陸，現在立委騙選民，也是詐騙，極權政府哄騙香港百姓五十年不變，也是詐騙集團吧？

「騙別人就算了，更糟糕的是也騙自己！」猴子氣得把手上的草丟出去，但在風中，一會兒就落地，無法去到自由的地方。

麥可點頭，臉上平靜。

猴子想起呂欣如，腳上那雙紅色高跟鞋，那是她自我認同的印記吧？難怪總是穿在腳上。

「人要找到自己認同的，真不容易。」猴子說。

麥可點頭，淡淡地回：**「人要找到認同自己的，也不容易。」**

遠處，凱洛隔著大大的湖，向他們揮手。

他們也揮手回應，笑笑的。儘量。

◆

日本熊本海邊，海浪拍打著礁石，岩岸間，一雙紅色高跟鞋斜倒在地，似乎已經找到自由。

◆

傍晚，太陽斜照著，一個大人和小男孩子傑的影子拉得細長，映在圖書室門前。

小男孩手上拿著書，他們似乎在等待著。

猴子遠遠就看到他們，還有他們身後籠罩在夕陽裡，看來無比巨大的圖書室。

圖書室很殘酷。裡面的每一本書都是人生。

圖書室很溫暖。裡面的每一本書都是人生。

車停，從車上下來了麥可、猴子、傑克和潔米一行人，他們好奇地看著等在門外的兩人。

潔米首先開口：「來借書呀？」

麥可認出是之前來過的小男孩子傑，微微一笑。

記得他之前擔心毒品案的父親即將出來，看樣子應該還好。至少現在看來還好。

子傑朝麥可高興地揮揮手：「麥可爺爺！」

一旁站立的大人望著麥可，點點頭致意後，羞赧地摸摸自己的頭。

小男孩開口：「我爸爸，我帶他來看看。」

麥可微微笑。

◆

沒有月光的夜晚。

邊境的沙漠裡，一點光也沒有，只有滿天的星星。

三部未開車燈的汽車奔馳著，揚起的沙，沒有人看見，只有一條響尾蛇在仙人掌旁被驚擾，吐了吐蛇信。

突然，三部車同時停下。

遠處的小山丘，迎面亮起了車燈，閃了兩下，又熄滅。

車內滿滿的腎上腺素氣味融合著男人的汗臭，嗆鼻，但十個小時的車程後，似乎讓人習慣許多。

巨大的引擎聲響起，都是四輪傳動，大輪胎大馬力，三部車衝了過來，在這個無人僻靜的地方。

緊跟著，車手俐落地倒車，車尾對車尾，彷彿外太空的太空船在對接。

雙方的成員沒有發出任何聲響，沒有任何交談，快速搬著貨，這是做大買賣的基本。

自己也是貨。等貨搬完，就要到另一台車上去。

六名槍手拿著突擊步槍，面朝外，端槍，警戒著。

大家以為沙漠很熱，但深夜裡，除了寂靜更是寒冷，緊張的汗水滴不下來，只是變成另一種氣味而已。

第一發槍聲響起的時候，比較像是西瓜掉在地上爆裂，帶點悶悶的聲音。會發現，是因為車子的重心突然下沉，讓正在搬貨的工人感到一種類似沉船的感覺。

是的，船要沉了。

當他這樣想的同時，啪的一聲，車子又再度往下沉。車窗外，槍聲四作，火光照亮了夜空，也照亮了槍手的臉，更因此讓他看清楚彼此的恐懼。

他們吼叫著，朝四面八方開槍，表示他們根本不知道對手在哪裡。幾乎像是要確認他的擔憂，槍手陸續倒下。離他最近的那個，突然搖晃，身子轉過來時，直接半邊臉不見了。身子往他的車身撞上，他才發現對方那失去的半張臉正貼著車窗，緩緩滑下，在車窗留下一道長長的血痕。

窗外，很快就沒有人站立，但槍聲並沒有停。以啪啪啪連三發的規律，繼續響著。

他緩緩推開車門，滑下車，身子伏低，直接往地上趴，鑽進車底下。如果運氣好，應該躲得過吧。

他雙手死命地往底下挖，慢慢地出現一小個洞，也許有機會把自己埋進去？槍聲不停，突然腳上一陣麻痛，他直覺地縮回腿，往後方看，一條響尾蛇，立起，在地上。

有這麼倒楣嗎？被毒蛇咬，那還不如早點吸毒去死。

他氣得掏槍要射那條蛇，但拿出槍時，蛇不見蹤影了。槍聲也停住。他又等了五分鐘，從車底往外爬出。

下一瞬間，一個巨響，好像從腦袋裡傳出，傳到耳朵。

他發現，自己可以看著自己，而且是由下往上看，為什麼呢？

地上有一顆眼珠，臉上熱熱的，地上的眼珠看著自己。

地上的眼珠是自己的，那為什麼可以看見自己呢？

認得嗎？自己。

自己長得跟印象中的樣子不太一樣。不知道跟妻女記得的樣子一樣嗎？

當初叫他基哥的，是叫這張臉嗎？

左手一摸，好像少了半張臉。那種子彈是專門奪去人的臉嗎？

他想起那個叫呂欣如的傢伙，她那麼重視自己的臉，還不是死了。要臉、不要臉很重要嗎？

呂欣如老是在講的那句，「**你認識自己嗎？**」現在覺得比任何時候，都像廢話。
但，好讓人害怕的廢話。

◆

李律師老家深鎖的鐵門下方，斜靠著一本書。
是那本詩集。麥可留下的。
谷川俊太郎的《二十億光年的孤獨》。
風吹過，掀動幾頁。
風停，詩集又安靜了下來。

地檢署前圖書室：多事之秋

作　　者｜盧建彰

副 社 長｜陳瀅如
總 編 輯｜戴偉傑
特約編輯｜施彥如
手稿打字｜劉懷興
行銷企畫｜陳雅雯、張詠晶
裝幀設計｜Bianco Tsai
內文排版｜Sunline Design
印　　刷｜漾格科技股份有限公司

出　　版｜木馬文化事業股份有限公司
發　　行｜遠足文化事業股份有限公司（讀書共和國出版集團）
地　　址｜231023 新北市新店區民權路 108-4 號 8 樓
電　　話｜02-2218-1417
傳　　眞｜02-2218-0727
客服信箱｜service@bookrep.com.tw
客服專線｜0800-221-029
郵撥帳號｜19588272 木馬文化事業股份有限公司
法律顧問｜華洋法律事務所　蘇文生律師

初版一刷｜2025 年 8 月 16 日
定　　價｜NT$480
I S B N｜978-626-314-858-1（平裝）978-626-314-856-7（EPUB）

版權所有，侵權必究。本書若有缺頁、破損、裝訂錯誤，請寄回更換。
【特別聲明】有關本書中的言論內容，不代表本公司／出版集團之立場與意見，文責由作者自行承擔。

國家圖書館出版品預行編目 (CIP) 資料

地檢署前圖書室：多事之秋 / 盧建彰著 . -- 初版 . -- 新北市：木馬文化事業股份有限公司出版：遠足文化事業股份有限公司發行 , 2025.08
320 面； 14.8x21 公分
ISBN 978-626-314-858-1（平裝）

863.57 114009754